文春文庫

おやじネコは縞模様

群　ようこ

文藝春秋

目次

おやじネコは縞模様

しまちゃん、恐るべし

ここ何年か、「しまちゃん」と名付けたネコがやってきている。今風に外ネコというよりは、野良ネコといったほうがぴったりの風貌だ。体はずんぐりと大きく、こげ茶と黒の縞柄で、顔がでかいわりに目がとってもちっこい。もちろん去勢はしていないので、股間には玉がぶら下がっている。姿を現しても「こんにちは」ではなく、

（おすっ）

といっているような雰囲気なのである。

最初は私が飼っている「しい」というメスネコの、散歩帰りに一緒にくっついてきた。繁殖が目的だったのだろうが、うちのネコは手術済みでお役に立てない。しかしメスネコのお尻につられて、私が住んでいるマンションの最上階までやってきたら、ライバルのオスはこないし、風通しも陽当たりもいい。最上階は、私と友だちが住んでいる隣室

しまちゃんは、私以上にネコ好きなのだ。そして友だちは心優しく、私以上にネコ好きなのだ。しまちゃんは、
の二世帯しかない。そして友だちは心優しく、

(なんだか、ここ、よくね)

と思ったらしく、それから顔を出すようになった。

当時のしまちゃんは見たところ六、七歳くらいで、どっしりとした体格からすると、
これまでご近所でお世話になっていたようだ。友だちは、

「近所の十軒くらいに、別々の名前をつけられて、面倒を見てもらってたのよ」

という。外ネコのなかには、やたらと愛想のいい子もいるが、しまちゃんは鳴かない。

ちっこい目でじーっと私たちの顔を見る。こちらも考えていることを少しでも感じ取ってやろうと見つめ返すと、ちっこい目の奥から、

(なんかくれー)

という念波が発せられているのがわかるのだった。

うちのしいは少食で、ドライフードは完食するけれど、ネコ缶を開けてもほとんどを残してしまうので、その余ったネコ缶に新しい缶をプラスして、しまちゃんにあげた。最初の頃は、フードを入れたトレイを置こうとすると、たたたっと三歩後退《あとずさ》りして、ちっこい目でじーっと見上げてくる。

「どうしたの。お腹すいてるんでしょ」

トレイを下に置くと、うつむいて聞き取れないくらいの小声で、

「しゃー」

という。力一杯威嚇《いかく》すると、以後、御飯をもらえない可能性が大なので、消極的に威嚇するのである。

「なにが、『しゃー』だ。つまんないことをいってないで、さっさと食べなさい」

ガラス戸を閉めると、ものすごい勢いで走り寄ってきて、がっつがっつと食べる。これまではネコ缶の余った分は捨てていて、もったいないと思っていたのが、しまちゃんがやってきてからは、全部食べてくれるので、大助かりだった。

ところがしばらくして、いつものように、しいの食べ残しと、新しく一缶分を足して出してやったら、においを嗅《か》いだだけで、じーっと私の顔を見ている。

「どうしたの？　お腹すいているんでしょ。いやなの？　なんで？」

（これよー、食べ残しじゃねえかよー）

「こっちはそうだけど、新しいのも入れてあげてるじゃないの」

（きらいなんだよ、これ）

しまちゃんはぷいっとトレイの前を離れ、下が二十センチほど空いているベランダの境の壁をくぐって、隣に行ってしまい、その日はうちで御飯を食べなかった。

ちゃんと新しい缶を出してやったのに選《え》り好みをすると友だちに訴え、いったい何をあげているのかと聞いてみた。

「うちはね、生卵と牛乳と、この間は牛肉をあげた」

卵も牛乳もコンビニで売っている廉価品ではなく、高級スーパーマーケットで売っているような品だ。それも私のように使い捨てにしているトレイではなく、小鉢にいれてあげているという。

「えーっ、そんな豪勢なものをあげてるの」

うちはしいの食べ残し。それじゃあネコとしても、

(隣にいくから、いいっす)

という心情になるかもしれない。しかし、しいはネコ缶は国産のものしか食べないので、それなりに質のいいフードを買っている。それでもいやだというのなら、いったい何が欲しいのだろうか。私がぶつぶつ文句をいっていたら、友だちは、

「そうだ、天然ブリの刺身をあげたこともあった」

ともいうではないか。隣では、「かわいいしまちゃん」だが、うちでの扱いは飼いネコの残飯整理係。

(待遇が違うっす)

と、しまちゃんが不愉快になったのも、少しわかるような気がした。

といってもうちでは、出せるものしか出せないので、しいのために鮭の刺身を買えばそれを追加してあげるし、ないときはキャットフードだけである。しまちゃんの好き嫌いは激しくなり、ひどいときはフードの上にのせた刺身だけ食べて、ネコ缶をまるまる残していくときもある。腹が立ったので、刺身をフードの中に混ぜ込んだら、刺身だけほじくり出して食べていた。

「まー、贅沢《ぜいたく》だこと」

嫌味をいうと、股間の玉を揺らしながら、そそくさと隣に逃げていく。そして一個が何百円もする生卵と新鮮な牛乳をもらうと、またうちのベランダに戻ってきて、私の顔をじーっと見る。そしてこれ見よがしに舌をぺろんぺろんとして、まるで、

(すっげー、うまいの、もらったっす。あんたんちがくれるのとは、ぜんぜん違うっす)

といっているかのようだ。

「そりゃあ、ようございましたね」

声をかけると、しまちゃんは、んーっと力いっぱい伸びをして、いばって帰っていった。

「なんなんだよ、あいつ」

正直、私はむっとしたが、それでも飽きずにやってきて、じーっとちっこい目で見られると、御飯をあげないわけにはいかないのだった。

そんなグルメのしまちゃんが、一年ほど前から、うちのキャットフードをやたらと食べるようになった。高級品に飽きてきて、B級グルメ志向になったのかもしれない。私のほうはとにかく残飯整理をしてもらいたい気持ちもあるので、またたびの粉を買ってきて、選り好みをしたフードの上に、ほんの少しふりかけてみたら、ものすごい勢いで食べた。

「ほっほっほ。しょせん、ネコだわね。またたび粉でごまかされて食べたわ」

私は敵討ちをした気分になって、がっつがっつと食べる姿を見ていた。

ところが食べる量が、はんぱじゃなくなってきた。それまでは食べたとしても、一日に三缶ほどだったのが、またたび粉の力を借りていないのに、午前中に二缶をたいらげる。

「今日はよく食べたね」

空になったトレイを取り上げると、半歩前に出て、じーっと見る。

「あんた、本当に目がちっこいね」

それでもしまちゃんは、そのちっこい目で私の目を見続ける。

「どうしたの」

私もまたじーっと見返すと、しまちゃんの目の奥底からは、

（くれー、なんかくれー）

と念波が送られてきたのである。

「二缶も食べたよ。大丈夫なの」

またたびなしの一缶をトレイにいれてやると、さっき二缶をがっついて食べたとは思えないほどの勢いで、きれいに食べ尽くした。

肉球なのか、つぶれた松ぼっくりがくっついているのかわからないような前足で、三缶を完食して満足したせいか、ぐるぐると顔をこすり、隣に移動していった。後から友だちに聞いた話によると、その日もいつものように生卵と牛乳をもらって、しばらくベランダの隅で寝転がってひなたぼっこをし、お帰りになったという。その前に、うちでネコ缶を三缶食べたのだと話すと、友だちは、

「そんな気配はなかったわよ。うちにきて、はじめて食べるっていう顔をしてたもの」

という。外ネコのオスは、飼いネコとは違って、有事の際にパワーが出るように、体に栄養を取り入れる必要があるのだろうかと、私たちはしまちゃんの大食らいに驚いて

いた。

　ところが夜にもしまちゃんはやってきた。

「昼間、たくさん食べたからね」

　と一缶を出してやると、あっという間に食べ、じーっと見つめる。

「足りないの」

　もう一缶追加してやると、これもまた平らげ、じっとトレイの前から動かない。家の中で用事をしていると、私と目を合わせようとして、しまいにはガラス戸に鼻をくっつけんばかりになっていた。

「あれっ、どうしたの」

　しまちゃんの目からは、

（くれー、くれー）

　の必死の念波が発せられて、切羽詰まっている様子だ。どうしてそんなにお腹がすいてるのかと呆《あき》れつつ、またネコ缶を一缶追加すると、これまたきれいに食べ、

（あー、思いっきし食ったっす）

　と満足そうに目を細め、ぶっとくなった腹を出して、ごろりと横になっていた。そしてしばらくすると隣に顔を出して、生卵と牛乳をもらっていた。

その後も「一日六缶」は続いた。体はまるで、米を詰めるだけ詰め込んだ、縞柄の俵のようだ。太った体で堂々とベランダを歩きまわっている姿は、一見、このあたりのボス風ではあるが、ボスの器《うつわ》ではないのは、しまちゃんの、どことなくしょぼいオーラが物語っている。このごろは消極的威嚇の「しゃー」もいわなくなり、

「これだけ御飯をもらっているんだから、ひとことくらい鳴いて欲しいわね」

と私と友だちは話しながら、しまちゃんの御飯を提供し続けていた。

そんななか、先日、メールチェックをしていたら、キャットフードを購入しているインターネットのサイトから、メールが届いていた。メールマガジンの類《たぐい》は購読しないので、いったいなにかと開いてみたら、そこには、

「おめでとうございます。一年間のご購入金額が十万円を超えましたので、割引率が高くなるゴールド会員になられました」

とあるではないか。

「ええっ」

思わず絶句した。ゴールド会員に昇格したうれしさではなく、十万円という購入額にである。うちのネコは少食なので、フードの単価は高めでも、出費は多くなかった。ところがしまちゃんが大食らいになってからは消費が激しく、ひんぱんに購入するように

なったのは事実だが、まさかそんな金額になっていたとは、夢にも思っていなかった。考えてみれば、うちのネコが一日、一缶も食べないのに、しまちゃんは最低四缶、最高六缶は食べる。飼いネコがそれだけ食べてくれるのならうれしいが、出費のほとんどを、あの「にゃー」とも鳴かない、無愛想でちっこい目のメタボネコが食い尽くしているとなると、心境は複雑だ。

「あなたさまのおかげで、ゴールド会員になれましたっ。ありがとねっ」

ネコ缶三缶が入ったトレイを置いて、しまちゃんにそういうと、彼は私の言葉など完全に無視して、目の前のてんこ盛りの御飯に、大口を開けてがっつがっつと食らいついたのであった。

ビーちゃんのカリカリ

　イヌやネコだけではなく、テレビで動物の面白くて不思議な行動を撮影した画像、映像を見ると、人間以外の生き物すべての、思考回路を知りたくなる。いっとき話題になった、ぶんぶんとバットを振り回すクマ、立ち上がるレッサーパンダ、観客に向かって、水中でずっと直立しているアザラシ、我が子がホタテをキャッチすると、拍手をする父親ラッコなどの姿を見たが、そういう動物を見ると、もうたまらない。彼らの心のなかの、そうしなければならない理由を知りたいのだ。

　うちのネコの場合、とりたてて理解し難《がた》い行動はとらない。人がくると必ず隠れてしまうくせに、家の中ではいばっている内弁慶体質は、ネコにはありがちである。二本足で立って腰に手をあてていることもないし、姉さんかぶりをして箒《ほうき》で掃除をしたりするわけでもない。そうなったら化けているわけであるが、日常生活でも不可思議な行動は見受けられないのである。

隣に住んでいる友だちが飼っていたオスのビーちゃんは、小さいときからドライフードのカリカリを、必ず五粒、お皿に残すのが日課だった。いったいなぜこんな少量だけを残しておくのだろうと観察していたら、寝る前にその残しておいた五粒を食べて、ベッドに入る。ビーちゃんにとっては、その五粒は毎晩寝る前のお楽しみだったのだ。

あるとき彼女が知り合いのオスネコを預かった。ビーちゃんはそのネコの家に何度も遊びに行って、顔なじみである。おっとりとして性格のいいビーちゃんは、自分のテリトリーにネコがやってきても、威嚇などせずに歓迎ムードだった。日中、ネコたちはそれぞれ好き勝手なことをしているかと思うと、二匹連れだってベランダを歩きまわったり、仲よく過ごしていた。夜になって友だちは、預かったネコにはその子の好きな晩御飯、ビーちゃんにはいつものカリカリをあげた。

お風呂にも入り、友だちは預かったネコと一緒に、ベッドに入ってビーちゃんがやってくるのを待っていたが、いつまで経《た》ってもこない。どうしたのかと様子を見に行ったら、廊下の隅に置いてあるキャットフードの器の前で、がっくりとうなだれている。

「どうしたの、何かあったの」

ビーちゃんに声をかけ体を撫《な》でながら器の中を見ると、カリカリが一粒も残っていない。今日は量が足りなかったのかと思って、五粒を器に入れてやっても、食べようとせずにうなだれたままなのである。

「どうしたのかしらねえ」

首をかしげながら友だちは、ビーちゃんを抱っこしてベッドに連れて行き、その夜は二匹のネコと一緒に寝た。

翌日も日中は何の問題もなかった。ところが寝る段になると、またビーちゃんが来ない。様子を見に行くと昨夜と同様にがっくりとうなだれている。器の中はやっぱり空で、追加でカリカリを五粒いれてやっても、食べようとしないのだった。

「本当にどうしたの？　わけがわからないわねえ」

預かったネコは、まるで自分の家にいるかのように、すでにベッドの中で大いびきである。友だちは明らかに気落ちしているビーちゃんの態度に疑問を持ちながらも、その夜もネコたちと一緒に寝た。

次の日、今日はちょっと気をつけていなければと、友だちは家事をしながら、ビーちゃんの器周辺を監視していた。夜になってビーちゃんはいつものカリカリを食べ、そして五粒きっかり残して立ち去った。ふだんと変わりがない行動に、友だちが、

「そうよねえ」

とうなずいていると、預かっているネコが、尻尾を立てて上機嫌でやってきた。すでにそのネコは晩御飯を食べている。ところがビーちゃんの器の前にやってくると、まるで自分の御飯がそこに置いてあるかのように座り、残してあった五粒のカリカリを、あっという間に食べ、満足した顔でベッドルームに入ってしまったのである。

「あら、まあ」

犯人は預かったネコだった。そして友だちが様子をうかがっていると、何も知らないビーちゃんは、とことこと歩いてきて自分の器を見、昨日、おとといと同じように、楽しみに残しておいた五粒のカリカリが、忽然《こつぜん》と消え失せているのを見て、またがっくりとうなだれていたというのだった。

預かったネコが帰り、五粒のカリカリが消えなくなってから、当然ながらビーちゃんががっくりとうなだれることはなくなった。預かったネコは食べるのが大好きで、飼い主が冷蔵庫のドアを何度も開け閉めしながら急いで料理を作っていて、あれっと思っておそるおそるドアを開けると、冷蔵庫の中に入っていたという逸話があるくらいなのだ。そういう子なので、自分の分をたいらげても、ビーちゃんの器に残されたカリカリを見て、ちゃっかりといただいちゃったのであろう。食いしん坊のネコとしては、理解できる態度である。

問題はビーちゃんである。五粒のカリカリが消えて落胆しているのを見て、友だちが新たに器に入れてやったのに、それは食べようとしなかった。

「寝る前に食べたいんだったら、追加で入れたカリカリを食べたって同じでしょう。なのにどうして、自分が残したカリカリしか食べないのかしら」

友だちは首をかしげる。こういうときに、私はビーちゃんの頭の中はどうなってるのか知りたくてたまらなくなる。この場合、ネコというものは、

「ちょっと、あんた、おれの残しておいたカリカリを食べたんじゃないの。あんたしか食う奴はいないだろ」

などと、食べちゃった疑いのあるネコを問いつめないのかとか、飼い主に訴えたりはしないのかという疑問もある。それにしても「残しておいたカリカリ五粒」にどのような重要な意味があるのか知りたい。残しておいた五粒のカリカリを寝る前に食べるのは、ビーちゃんにとって、重要な意味を持つ儀式であるのは分かるのだが、それがどのような意味を持ち、どうして習慣になったのかに興味がある。しかしビーちゃんが天国にいった今では、謎のままであるし、生きていたとしてもやっぱり謎のままなのだろう。

その話をチワワを飼っている知り合いにしたら、

「うちの子も同じようなことをするわよ」

という。彼女の家のプリンちゃんは、小さいときから干しイチジクが大好きで、とても喜んで食べる。しかしドッグフード以外の食べ物をあげると、てきめんに目の下が涙やけのように汚れるので、一週間に一度を限度にし、実家に預ける前日と戻ってきた日には、ご褒美というか、ご機嫌取りのためにあげるようにしていた。イチジク丸ごと一個はチワワの口には大きいので、半分に割ってあげると、もぐもぐと嚙んでいる。プリンちゃんはマシュマロも好きで、まるで納豆を食べているかのように、ねちゃーっねちゃーっと糸を引きながら、うれしそうに食べているらしいのだが、イチジクのときはくちゃくちゃと嚙んでいるうちに、口からぽろっとかみ砕《くだ》いたものを落とす。

「やあねえ、きれいに食べなさい」

彼女がフローリングの床の上に落ちたイチジクを捨てようとすると、プリンちゃんは、

「うー」

とうなって、イチジクを持った飼い主の手をひっかいて、床の上に戻せというようなしぐさをする。

「やだわ、どうして怒るのかしら。汚いじゃないの」

そういいながら、彼女がプリンちゃんの唾液でふやけたイチジクを元に戻して見ていると、さっきと同じように、また口からぽろっとイチジクを落とした。驚いたことにさ

っきとほぼ同じ大きさになっている。たまたま噛んでいるうちに、口からイチジクがこぼれ落ちたのとは違うのだった。

触るとプリンちゃんに怒られるので、そのままにしていると、またひとつ、またひとつとほぼ同じ大きさのものを口から落とし、合計四個のかみ砕かれた干しイチジクのかけらが、床の上に並べられた。いったい何をやってんのかしらと思いつつ、ここで汚いからと、それらを拭き取ってしまうと、大騒ぎになりそうだったので、彼女は気になりつつ、そのままにしておいた。そしてプリンちゃんも床に四個のイチジクがあるのを確認して、ぷりぷりと歩きながら、大好きなひよこちゃん人形が待っている、自分のベッドで昼寝をはじめたのだった。

そして夜になり、プリンちゃんはふだん食べているカリカリの晩御飯を食べた。するとすっとその場から姿を消したので、どこへいったかと家の中を探した。

「そうしたらね、昼間、自分がかみ落として小さくしたイチジク四個がある部屋に行って、ひとつずつうれしそうな顔をして食べていたのよ」

「あらー、どうしてそんなことをするのかしらねえ」

私はびっくりした。

「さあ。食後のお楽しみじゃないのかしら」

飼い主はいう。

「デザートのつもり?」

「毎日食べられないから、とっておきのおやつっていう感覚なのかもしれないけど」

それにしてもなぜいつも四粒なのだろうか。そしてその習慣はプリンちゃんが七歳になった現在でもずーっと続いていて、四粒を残しておくのもまったく変わりがない。ということは、プリンちゃんは、イチジクを嚙みながら、

「ひとつ、ふたつ」

と数えていることになるではないか。そうなるともう感心するしかない。

盲導犬や警察犬になるような犬種はそれよりも知能が高いらしいが、通常のイヌやネコの知能は、人間でいうと三歳から五歳くらいと聞いたことがある。そうだとすると数は十分に数えられそうだ。特にイヌはいつも群のなかでの頭数を気にしていると聞いたこともあるので、数に対しては敏感なのかもしれない。しかしそれが自分がかみ砕いたイチジクにまで、影響するのだろうか。

最近はプリンちゃんも歳をとり、フローリングの床だと肉球が冷たくなるので、リビングルームのカーペットの上で、干しイチジクを食べるようになった。他の場所であげようとすると、こっち、こっちと振り返りながら、走っていく。もらったイチジクをか

み砕いて、カーペットの上に四粒を落とすのは同じだが、晩御飯の後にまたイチジクを食べにくると、どこに落としたのかわからなくなって、うろうろと探し回るようになった。

「カーペットの色が茶色だから、イチジクの色と区別がつかないみたいなのよ。わからなくてもイヌは匂いでわかると思うんだけど、そういう機能も衰えてきたのかもしれないわね」

そんなプリンちゃんをフォローするために、彼女は後をついていき、

「ほら、そこにあるじゃないの」

とイチジクが四粒転がっている場所を指さすと、

(わあっ、あった、あった)

と喜んで、次々に四粒を食べて安心して眠るという。

ビーちゃんの五粒のカリカリも、プリンちゃんの四粒の干しイチジクも、寝る前のささやかな楽しみであるのは間違いない。イチジクの場合はたまにしかもらえないので、別にとっておくというのもわかるが、カリカリのほうはやはり謎だ。他のネコに食べられちゃったとしても、すぐに五粒は追加してもらえるのだから、それを食べればいいのに、そうしない。自分が残しておいた五粒でないと意味がないのはなぜなのか。今度プ

リンちゃんには、残した四粒を片づけて、

（あっ、なくなってる！）

となったときに、飼い主に新たに四粒のイチジクを置いてもらい、食べるかどうか実験してもらいたい。イヌやネコの行動に対する私の疑問はつきないが、明確な答えがわからないのが、とても歯がゆいのである。

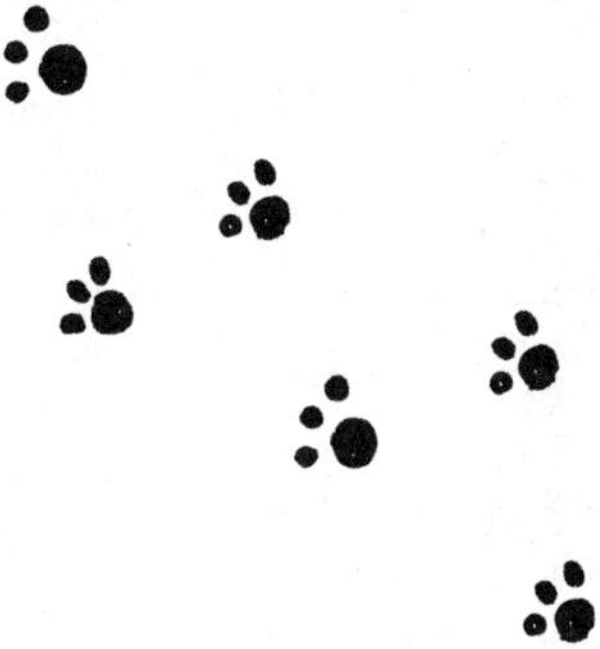

「ぷい〜ん」絶滅作戦！

私は世の中で蚊がいちばん嫌いである。あの、

「ぷい〜ん」

という人を馬鹿にしきった羽音を聞いただけで、気持ちが落ち着かなくなる。そして、どうしてこんな生き物が、この世の中にいるのかと腹立たしくなるのである。刺されたあげく、かゆみの戻りがあるのも許せない。薬を塗ってかゆみが治まり、刺されたことを忘れた頃、

「ほーら、ここ、かゆいでしょ」

と再び腹立たしさを蘇《よみがえ》らせる。このしつこさも嫌いである。ひどいときなど、最初に刺されたときよりも、もっとかゆかったりする。そしてまた赤くふくれ始めた痕《あと》を見ながら、

「むうう、どうしてくれよう」

と持って行き場のない怒りにうち震えていたのである。

ところが今年は、夏場はほとんど蚊に刺されなかった。夏場に張り切る蚊でも、さすがにあの猛暑には勝てなかったらしく、蚊の姿をほとんど見なかった。猛暑はつらかったが蚊に刺されなかったのは幸いで、このまま蚊が死に絶えればいいのにと願ったほどであった。

蚊に関しては楽な夏場だったのに、天気予報を見ていたら予報士が、

「夏場は猛暑で蚊が繁殖せずに死んでしまったのですが、蚊の発生のピークがずれこんで、九月から十一月になりそうです」

といっていた。

「なにい？」

思わず前のめりになってしまった。やっと、あの鬱陶《うっとう》しい蚊とお別れできると喜んだのに、これからピークがやってくるとはどういうことなのだろうか。私は、

「ちっ」

と舌打ちをし、片づけようとしていた「蚊よけ線香」を再び取り出し、不愉快な秋の蚊のピークに向けて、対策を練ったのである。

とにかく蚊は大嫌いなので、室内に入らないように万全の注意をする。なのでうちは四月の終わり頃から、「蚊よけ線香」を使って蚊が来ないようにする。蚊を死に至らしめる「蚊取り線香」ではなく、蚊をこないようにする「蚊よけ線香」をつかうのは、私の彼らに対する温情である。実は「蚊取り線香」のように強い物を使うと、蚊も参るのだが、喉をやられたり頭痛がしたりと、こっちの体も参るので、「蚊よけ線香」と「アンチモスキート」のエッセンシャルオイルを使って、蚊の侵入を防いでいる。それでも私の温情に背《そむ》いて入ってきた奴は、容赦なく叩き潰すのである。

毎年、十月のおわりには、蚊よけグッズをしまっているのに……、とぶつぶつ文句をいいながら、

「入ってきたら、許すもんか」

と構えていたところ、九月は何の問題もなかった。十月の初旬も同様である。ところが、十月の半ばから冬になった今も、蚊に悩まされている。腹立たしいことこのうえない。また昔の蚊というものは、

「血、吸っちゃった」

とうまくいって、ぷい〜んとすまして飛び去っていくか、

「血、ああっ」

と血吸いの途中にぶったたかれて、絶命するかのどちらかだったが、昨今の蚊は知恵がついていて、本当に油断がならない。奴らも学習するとわかって、複雑な思いでいっぱいである。

昼間、うちのネコがベランダに出るときでも、念のために蚊よけ線香を焚《た》く。網戸の開け閉めの短い隙に入ってくる可能性があるからである。またネコが玄関から出ていくときは、出入りのためにネコの体が通るくらいに、ドアにストッパーをかませて細く開けている。そこから侵入しないように、玄関の棚の上、玄関の床、リビングの入り口の計三か所に蚊よけ線香を置く。玄関からは煙がたなびいて出て行き、

「これだったら、さすがの奴らも入れまい」

とほくそ笑んでいた。しかしトイレに入って用を済ませ、仕事をしたり他の用事をしていると、どうも尻がかゆい。いったいどうしたのかと見てみると、蚊にくわれていたりする。いつの間にかうまく侵入した奴が、トイレに潜《ひそ》んで煙をよけていたらしい。

「ううむ」

私はうなりながら、もうひとつ蚊よけ線香を取り出して、トイレに設置する。うちは蚊よけ線香用の皿は、六枚常備してあるのだ。「これで潜んでいた奴も、逃れられまい」

ほっとして一日が終わり、ベッドに寝てしばらくすると、あの魔の音、

「ぷぃ〜ん」

が聞こえてくる。最初は、耳鳴りかなと思うのであるが、その音はだんだん近づいてきて、「ぷぃ〜ん」に妙な抑揚をつけながら、顔のまわりを飛んでいるのがわかる。

「こらあああ」

あわてて電気を点《つ》け、奴はどこにと探すとさっと姿を消している。

「どこにいるんだ。出てこい」

出窓をのぞき、梁《はり》のところや家具の陰をのぞきこんでも、姿は見えない。舌打ちしながらまたベッドに入ってしばらくすると、また「ぷぃ〜ん」がはじまる。

「まったく、もう……」

私は文句をいいながら、蚊よけ線香に火をつけて床に置き、文句をいっているうちに寝てしまった。朝起きてしばらくすると、手首がかゆくなってきた。嫌な予感がして右手を見ると、しっかり蚊にくわれている。おまけにとてもかゆくて、朝っぱらから不愉快な気分にさせられるのが、とても腹立たしい。

手首をかまれた翌日から、気温が低くなったものの、気を許してはいけないと、私は寝る直前まで蚊よけ線香を焚いていた。十一月なのにどうしてこんなことをしなくちゃいけないのか納得できなかったが、ベッドに入ってしばらくしても、あの鬱陶しい羽音は聞こえてこなくなった。とうとう蚊の季節が終わってくれたのねと、ほっとして眠りについたのである。

ところが翌朝、目を覚ますと顔がかゆい。あれっと思いながら鏡を見たら、なんと顔面を五か所も刺されているではないか。さすがに蚊にもピーク時の勢いはないらしく、大きく腫れたりはしていないが、刺されたところがぽっちりと赤くなっている。それまでは多少、暖かかったので、腕を出して寝ていてそこを狙われたのが、寒くなって顔面だけを出して寝ていたため、集中攻撃を受けたのである。熟睡していたので、まったく気がつかなかった。年齢五十六歳、十一月の半ばにマンションの室内で寝ていて、顔面を五か所も刺される女なんているのだろうか。

「絶対に許せない!」

このまま室内にいる蚊を放置していたら、そのうち水回りで繁殖してしまうのではないか。ここで息の根を止めないと、毎日、顔面を刺され続けるかもしれない。私は化学薬剤不使用の防虫スプレーを購入し、蚊を絶滅させるべく、室内を見渡した。するとベッドルームの網戸の隅に、へばりついている奴を発見した。見慣れた黒に白いボーダー柄のヒトスジシマカではなく、やや大きめの薄茶色のアカイエカである。あまりに憎たらしいので名前を調べてやった。発見した奴にスプレーを噴射すると、ころりと参るどころか、飛び立って天井にへばりついた。そこをめがけてスプレーを噴射しまくったものの、奴は足をふんばり続け、弱ったところを叩き潰そうと雑誌を取りにいった間に、逃げられてしまった。それでも私は、あれだけスプレーを浴びれば、弱ってそのうち息絶えるだろうと安心していた。

そしてその夜、晩御飯を食べていると、ものすごい勢いの蚊の羽音が聞こえてきた。いつもの能天気な「ぷい〜ん」ではなく、もうちょっとターボがついた感じで、あっと思った瞬間、耳に何かがぶつかる感覚があった。思わずのけぞると、薄茶色の蚊が顔めがけて飛んできた。この反抗的な態度を見ると、昼間の蚊が復讐のためにやってきたとしか思えない。食事を中断して、仕留めようとするものの、奴は私をあざわらうかのように、へらへらと右へ左へと飛び回り、結局、逃げられてしまった。そして私の耳は見事に奴に刺されていた。

「く、悔しい……」

睡眠中に顔面を五か所も喰われたうえに、蚊にバカにされ、そんなことがあっていいのかと、怒りに燃えた私は蚊よけ線香に火をつけて、ベッドルームに置いた。

あまりに腹が立つので、知り合いに事の顚末を話すと、まだ蚊に喰われてるのかと驚

きつつ、

「蚊は背後からではなく、頭のほうから叩くとよいと、生物の授業で教わった」

と耳寄りな情報を教えてくれた。蚊には風を感じるセンサーが背中側にあるので、そこから仕留めようとしても、すぐに察知するのだそうだ。私は生物の授業は好きだった し成績もよかったが、こんな価値のある話は聞いた覚えがなかった。ここ何年かでいちばん貴重な情報を得て、私は蚊の全滅作戦を再び開始した。

目を皿のようにしてベッドルームを見ていたら、壁にアカイエカが止まっていた。手には何も持っていなかったが、奴の頭のほうから思いっきり手を振り下ろすと、ベッドの上にころりと落ちて絶命した。逃げもしなかったところを見ると、さすがに教わった情報は正しかったようだ。

「やったわーっ」

あまりにうれしくて、うちのネコに自慢したが無表情であった。

「ほっほっほ」

喜びながら出窓のほうを見ると、なんと横の柱にも奴がいた。こいつもアカイエカである。こちらも頭のほうから叩き落とすと、簡単に絶命したが、血を吸っていたので怒りがこみ上げてきた。室内に蚊が二匹も同居していた事実に愕然《がくぜん》としながらも、それでも退治できたことで、ちょっと気分がよくなってきた。台所にいって給湯器のリモコンのスイッチを入れようと手を伸ばしたら、なんとその横にもアカイエカの奴が。すかさずそばにあった台ふきを手に、頭から叩き降ろしたら、みごとに成功。こんな短時間に三匹の蚊をやっつけられたなんて快挙としかいいようがない。と同時に、いったいここには何匹の蚊が同居してるんだと想像したら、背筋が寒くなってきた。

いいかげん、これで終わりだろうと考えていたのに、まだ蚊は室内にいる。ベッドに入ったとたんにやってくるのと、朝、五時半にやってくるのがいる。寝入りばなにやってくる奴は、電気をつけてできる限り絶命させる方向に持っていくが、敵の姿が見つからない場合は、あきらめてベッドに入る。最初は奴を近づけまいと、暗闇の中で手をぶんぶん振り回してはいるが、そのうち睡魔に負けて寝てしまい、また顔面を刺される。朝方やってくる奴は電気を点けると、ぱたっと姿を見せなくなり、羽音も聞こえなくなる。それはいいのだが、電気を点けたまま小一時間寝るはめになり、中途半端に眠いのが辛《つら》い。睡眠不足の感があるのは否めないのだ。

うちにいるのは一匹なのか二匹なのか、それとも五、六匹いて、交代制で行動しているのか、まったくわからない。あんなにガードしているのに、どうして室内に入りこむのだろうかと不思議に思っていたら、やっと謎がとけた。ある日、うちのネコがマンシヨンの敷地内を散歩して戻ってきたので、ベランダに面した網戸を開けてやり、ふと体に目をやったらネコの背中に蚊がとまっているではないか。それも目立たないように黒い毛の部分にこっそり隠れていて、室内に入ったとたんに飛び立った。ネコがかゆがっていないところをみると、単に移動手段として使っていたらしく、最近の蚊はなんて悪知恵が働くのかとびっくりした。

蚊というものは、人間が暮らす室内での安楽な生活なんか望まず、夏の暑いなか、草木の多い場所でぶんぶんと飛び回り、秋間近になったら、蚊取り線香や人間の手による圧死で潔く絶命してほしい。昔の正しい蚊の一生を思い出せと、冬になっても飛び回る図々しい奴らに説教してやりたくなるのである。

魅惑のモンキーセンター

今の子供たちは、顔面も体型も欧米化しているので、そのような子はいないのかもしれないが、私が小学生の頃は、クラスに必ずサル顔の子がいた。そしてあだ名はもちろん「サル」で、体が大きい子は「ゴリラ」になった。彼らの顔を見るたびに、学校で習った人類の進化を思い出し、子供心に、

「サルと人間は本当に近いのだなあ」

と納得したものだった。

そのせいかどうかはわからないが、動物は何でも飼いたいけれど、サルだけは気乗りがしなかった。サル山を見るのも好きだし、冬場に温泉につかって、気持ちがよさそうに目を細めるサルたちを見ると心がなごんだが、どうしても飼う気にはなれない。距離を置いて眺めているのが好きだった。一方、私の友だちはサルが大好きだ。オランウー

タンやチンパンジーよりも、ニホンザル系が好きで、テレビや写真集を見ると、つい顔がにやけてしまうほどなのだ。

十年ほど前、彼女と他の友だちと一緒に、タイの島に遊びに行った。そこにモンキーセンターがあるのをガイドブックで目ざとく見つけていた彼女は、

「絶対に行きたい」

と熱望していた。本土から島に到着し、車で走っていると、道路沿いのココヤシの木に登ったサルがそこここにいて、実をもいで人間のお手伝いをしている。それを見るたびに彼女は、

「ああ、あそこにいる。あっ、ここにも」

と無邪気にはしゃいでいた。

モンキーセンター内には小さな舞台があって、イベントが行われる。ケージではなく、高さが一五〇センチほどの台がいくつもあって、ひとつにつき一匹ずつ、サルがつながれてそこに座っていた。人々が近づいても威嚇することなく、ぽりぽりと体を掻《か》いたり、おやつを食べたりしている。すると友だちが、

「ちょっと見て」

と私の肩を叩いた。振り返ると、お母さんザルが、モンキーセンターの一人のおじさ

ん《ん》に向かって、ものすごい形相《ぎょうそう》で、

「キイイーッ」

と赤ちゃんザルを抱きしめながら威嚇している。

「きっとあのおやじに何かされたのよ。だからあんなに怒ってる。かわいそうに」

友だちは憤慨していた。たしかに他の人々がそばにいても平気なのに、彼が近寄ると敵意むき出しになる。友だちは、

「お母さんザルをあんなに怒らせる、あのおやじは許せない」

と鼻息荒く怒っていたが、サルたちが参加する寸劇を見ているうちに、心が和んだようだった。

ここでのいちばんのイベントは、入場料とは別にいくらかのお金を支払って、サルと握手できることだった。それを知った私たちは、異常に興奮した。サルを見る機会はたくさんあるけれど、握手する機会はめったにない。

「うふふふふ」

友だちの顔はすでにゆるんでいる。私も興味津々ではあったが、お母さんザルの敵意むき出しの顔を思い出すと、握手のときに嫌われたらどうしよう、目を合わせたら飛びかかられるのではと、少し心配になってきた。

寸劇が終わり、舞台の上には一匹のサルがやってきた。グレーの美しい毛並みが輝いて、銀色にも見える。どっしりと落ち着いて、貫禄十分である。そこでおじさんが、観客に向かって手招きをして何事かいうと、みんなわーっとそちらに集まっていった。

「ほら、握手会がはじまるわよ」

サル好きの友だちは、あっという間に走っていった。いつもはおっとりしているのに、あまりの早さにびっくりした。あわてて追いかけると、彼女は列に並んでいる間も、

「どんな手をしてるのかしら。あらー、ちゃんと握手をして、かわいいわねえ。あら、何か渡しているわよ」

と背伸びをして様子をうかがいながら、うっとりしている。私が心配したような、サルの攻撃を受けた人はいないようであった。

おじさんにお金を渡して、座っているサルに歩み寄ると、ほいっと傍らの籠から小さな箱を渡してくれて、それを受け取ると握手してくれる。友だちはサルの顔を満面の笑みで見つめながら、

「本当にありがとう。かわいいわねえ。ありがとう」

と何度も繰り返し、ゆっくりと体も撫でていた。サルは特に愛想をするわけでもなく、ただただ自分の任務を遂行している。私の番になって小さな箱を受け取り、握手をする

と、サルの手は柔らかくて小さかった。柔らかいといってもふにゃふにゃではなく、芯はしっかりした感じの手だった。私もちゃっかり体を触ってみたが、中型犬のような手触りである。

「わあ、サルと握手しちゃったあ」

たぶん一生に一度しか経験できない事柄に私は興奮して、サルからもらった三センチ角ほどの小さな箱を開けてみると、丸い容器の中にタイガーバームならぬ、モンキーバームが入っていた。もちろん蓋の柄はトラではなく、サルになっている。

「わああ、モンキーバームまで、もらっちゃったあ」

大喜びをしてふと友だちのほうを見ると、うっとりしてモンキーバームを胸に当てて、

「何度でも握手したい」

という。

「行ってくれれば？　ほら、だんだん空《す》いてきたわよ」

一緒にいった友だちが、握手待ちの行列を指さした。

「でも、何度も行っている人なんて、いないみたいだし」

「お金を払えば大丈夫よ」

「うーん、それはそうだけど」

そういいながらも、彼女は舞台のサルに近付いていき、人々にモンキーバームを渡し、握手するサルの姿を、間近でうれしそうに眺めていた。

サルはイヌやネコのように、街中で簡単に見られるものではない。それから私は、街中でもテレビでも、サルの姿を見かけると、そのときの話を彼女にするようになった。

以前、私は浅草で三味線の稽古をしていたのだが、浅草寺の境内で猿回しをしているのを何度も見かけた。猿回しのお兄さん、お姉さんは若く、サルもとてもかわいい。練習なのか、人々の前で二人で協力して、芸を披露していた。あるとき、拍手ももらい、うまくいっていたのに、

「はいっ」

とお兄さんがかけ声をかけて、太鼓を叩いた瞬間、サルがはっとして固まったのを見た。

「もう一度、いきましょう。はいっ」

お兄さんが再度、トライさせようとしても、緊張したのか一歩も動けない。そしてサルは胸の前で両手を組み、まるで、

（どうしよう……）

とつぶやいているかのように、とととっと隅のほうに歩いていき、うなだれてしまっ

たのである。その仕草は芸ではなく、明らかに地だった。段取りを忘れて、サルなりにショックだったのであろう。その姿がまたいじらしくて、観客からは、

「がんばれー」「落ち着いて」

と励ましの声がかかった。しかし結局は技を思い出すことができなかったらしく、猿回しのお兄さんが、

「もっと勉強してまいります」

と頭を下げていた。

別の日、これもまた浅草で、お店の前をお姉さんとお掃除しているサルを見かけた。夏場だったので白地にピンクの浴衣を着せてもらい、お姉さんが箒《ほうき》で掃いた後ろを、同じように箒で掃いている。お姉さんがあれこれ指示をして、無理矢理やらせているのではなく、真似して熱心に箒を動かしていたのだった。それを見た年輩の女性が、

「お利口さんねえ。お手伝いをしてるの？」

とサルに優しく声をかけた。するとそのサルはあわててお姉さんの背後に隠れてしまった。しかし声をかけてくれた女性には興味はあるのか、顔をのぞかせてじっと彼女の顔を見上げている。それを見た私は、まるで人見知りをする幼児と同じなのでびっくりした。小さい子が知らないおばさんから声をかけられて、お母さんやお父さんの背後に

隠れてしまうのはよく見かける。誰に教えられたわけでもないだろうに、まったく同じ態度だったのである。そういう場面に遭遇すると、やっぱり人間とサルは近いのだなあと思わざるを得なかった。

テレビで観たおみやげ屋さんで飼われているサルは知能犯だった。営業中は店内の鍵付きのケージに入れられているのだが、周囲に人がいないのを確認すると、手を伸ばして器用に鍵をはずして脱走する。そしてお焼きの売り場に走って取っていく。それを見つけた飼い主の奥さんが、

「こらあ、またやってる！」

と怒ってやってくると、なんとそのサルは、お焼きを口にくわえ、手に持ったそのうえに、両方のわきの下に、ささっと挟んで逃げていったのである。もう持てないはずなのにあきらめず、瞬間的にお焼きを両わきの下に素早く挟んだのを見て、あまりの姿に大笑いしてしまった。さすがにお股には挟めないけれど、短時間に挟める場所には、全部挟んだのには感心した。また両脇にお焼きを挟んでもサルの動きは素早く、あっという間にケージに戻り、自分で扉を閉めて知らんぷりをしている。奥さんが叱っても、「さて、何のことでしょうか」といいたげにしらばっくれていた。飼い主の店の商品だから、他店に迷惑をかけているわけでもないし、本当に頭がいいとしかいいようがない。

これらの話を友だちにすると、とてもうれしそうな顔をして聞いていて、最後には必ず、

「かわいいねえ」

としみじみとつぶやくのだった。

実害がないサルはかわいいといわれるが、サルが出没する場所、その態度によって、嫌われる。二〇一〇年のかわいい一番の子ザルは、福知山市動物園のみわちゃんだろう。同じように親を亡くしたイノシシのウリ坊の背中にしがみついて、園内をお散歩する姿が何度もテレビで報じられていた。お散歩といってもウリ坊の疾走に近かったが、異種同士がお散歩しているだけではなく、寂しいもの同士、一緒に寄り添って寝ているというのも、人々の涙を誘い人気が出たのだ。ウリ坊の背中にしがみついているのが子ザルというのも、人の気持ちをわしづかみにしたのではないか。ウリ坊の背中にウリ坊が乗ってお散歩したとしても、面白いけれどあまり涙は誘わない。子ザルのみわちゃんだからこそ、人気も出たのだと思う。かわいそうにアライグマにぶったたかれて、何針も縫ったとのことだが、元気になって再びウリ坊の背中にしがみついて、園内を散歩しているのを見て、心からほっとした。

悪者だったのは、静岡県の三島に出没した嚙みつきザルである。被害者の人々が嚙まれた傷跡を見せていたが、突然、サルに襲われて嚙みつかれたら、どんなに恐ろしかっ

ただろうと、気の毒になった。みな行方を追っていて、やっとつかまったとき、私はこの後、このサルはどうなるのかと心配になってきた。何人もの人に嚙みついて被害を負わせてはいるけれど、サルカニ合戦の昔から、サルはどうもいたずらが過ぎる部分がある。温情をかけてもらって、どこかで飼ってもらえないものかと願っていたら、幸いにも動物公園が引取先になり、名前まで募集してもらったという。ついた名前が「らっきー」。殺されなくてラッキーなど、いろいろな意味合いがあるらしい。その名前の候補のなかで、「ブラッシー」があって、笑ってしまった。私は子供の頃、プロレスが大好きで、特に銀髪の吸血鬼、フレッド・ブラッシーの大ファンだったからである。嚙みつきザルの名前に「ブラッシー」を応募した人の年齢がわかる。

最近とくに住宅地にサルが出没するニュースが多くなり、そのたびに友だちは、

「サル好きの浅香光代さんの家から逃げてきたのかしら」

などとのんきにいっていたが、そうではなさそうだ。サルはいたずら好きで頭もいいし、ちゃっかりしているけれど、どうも憎めない。なんとかサルと人間と折り合っていける方法はないものかと、考える今日この頃である。

お口、くさーい

人間でも口が臭いのは問題になるが、飼っている動物の口が臭いのもちょっと問題だ。まだうちのネコが生まれて六か月くらいのとき、動物病院の看護師さんに、

「遊びながら、歯を磨いてあげてください。おもちゃにじゃれて嚙みついたりするでしょう。まだ小さいし、今から習慣にすれば将来のためになりますから」

といわれてびっくりしてしまった。私にはネコの歯を磨いてやるという考えがなかったからである。どうすればいいのですかとたずねたら、

「動物用の歯ブラシがあるので、それを使ってみてください。それがだめだったら指に巻いた布で拭いてあげてもいいです」

という。病院の人がそういうのだから必要なのかもしれないが、

「はあ、そうですか。ネコに歯磨きねえ」

と私はいまひとつ素直に従えなかった。

親と実家に住んでいた四十年ほど前、何匹か外ネコを世話していたが、当然、歯磨きなんてしてやらなかった。当時は家でネコを飼っていても、毎日、歯磨きをしてやる飼い主は、ほとんどいなかったのではないかと思う。だいたい、ペット用品なんてほとんど見なかったし、大きなパッケージのドッグフードは見た記憶はあるが、キャットフードを見た覚えはない。イヌもネコも、人間の食べるものを取り分けてもらうもので、あらためて買って与えるものではないという感覚だった。ネコの去勢や避妊手術さえ話題にのぼらなかったし、イヌには狂犬病の注射があるが、ネコにワクチンを打つことさえしなかったのだから、歯磨きなんてみな頭の中になかったはずなのだ。当時の感覚そのままでいた私は、一人暮らしになってはじめて飼うはめになったネコのおかげで、世の中のペット事情が相当変わってきたのを知ったのである。

そんなもん、必要なのかと首をかしげつつ、将来のためといわれると、そうかもしれない。人間は歯が悪くなっても治療ができるし、最悪の場合でも入れ歯がある。しかし動物には入れ歯がない。虫歯になるのも、歯の痛みも知っている私としては、うちのネコにもあの辛さは味わわせたくないと考え直した。

ペット用品を売っている店に行ったら、看護師さんの言葉どおり、歯ブラシが売られていた。ヘッドが小さくブラシの毛も柔らかめである。おまけに歯ブラシが苦手な子のためには、奥歯に滴下するだけの液体まで売られていて、ペットのオーラルケアまで考えられている現実にまたまた驚いた。

歯ブラシを購入して家に帰り、うちのめちゃくちゃ気の強いネコが、おとなしく歯磨きなんかさせるのだろうかと、試しに、

「ほーら、しいちゃん、歯ブラシだよ。これから歯を磨こうね」

と声をかけてブラシを見せた。ネコはもともと好奇心が強いので、

「おっ、なんだ、なんだ」

と小走りに寄ってきた。ネコじゃらしがわりに振ったりすると、目の色を変えてとびついてくる。これはいい調子だと、ネコを抱き、

「ちょっとお口を開けてごらん。これはね、こうやって歯を……」

と口のそばに持っていくと、がうっと噛みついて離さない。

「あれ、あの、そうじゃなくてね」

ががうがうとヘッドの部分をめちゃくちゃに噛んだかと思うと、今度は前足でばしばしと叩きはじめる。

「あのね、ちょっとね、お口を……」

はじめて見た物体が、自分の口の中に侵入しようとするので、うちのネコはむっとしたようで、うーっとうなりはじめた。そして、もう一度と口のそばに歯ブラシを持っていこうとすると、

「ぎええええーっ、ぎえええええーっ」

と私の腕の中で絶叫し、両前足をめちゃくちゃに振り回して抵抗した。そこまでされたらおとなしく退散するしかない。

腕の中から飛び出していったネコは、ものすごく不愉快そうに、私の顔をにらんでいた。そしてそれから、歯ブラシを見せても、なんの関心も示さなくなった。一年後、もう忘れているだろうと、歯ブラシを取り出して、

「こっちにおいで」

と誘ったら、ものすごい勢いで走ってきて、何度も歯ブラシにネコパンチをくらわせていた。こんな性格のネコの口の中に指をいれたら、食いちぎられそうだ。強烈な拒絶反応を見て、私は歯磨きは断念したのである。

その後、テレビで歯磨きをするイヌやネコの映像を何度か見た。イヌは両前足で歯ブラシを持ち、ヘッドを口の中に入れて、噛み噛みしている。奥のほうにも前のほうにも当てているように見え、最後に飼い主が仕上げをしてやって終わり。ネコは仰向けにな

って、飼い主に歯を磨いてもらっていた。

「ちゃんと歯磨きをする子はいるのだなあ」

と感心し、

「見てごらん。このヒトたちは、こんなにおとなしく歯を磨いてもらっているよ」

とネコに声をかけても、完全に無視された。

隣室の友だちが飼っていたネコのビーちゃんは、歳を重ねるにつれて口が臭くなっていった。飼い主も、抱っこして顔をすり寄せたとたん、

「わっ、くさっ」

と反射的に顔を背けるほどだった。うちのネコもビーちゃんが遊びにくると、鼻先をつきあわせてご挨拶をするのだが、そのたびに、

「わっ」

ととびのいていた。当の老ネコ、ビーちゃんは、何が起こったかはわからないので、ぼーっとしていた。

「顔は年齢に似合わずかわいいんだから、口さえ臭くなきゃ、完璧なんだけどねえ」

飼い主に嘆かれてもどうなるものでもなく、

「おじいちゃん、お口、くさーい」

とからかわれながら過ごしていた。

ビーちゃんも歯磨きの習慣はなかったとはいえ、飼い主としては何とかしてやりたいと思うのは人情である。虫歯が原因だったようだが、高齢なので麻酔を使う手術はちょっととと、獣医さんから断られてしまった。友だちは試しに、体にいいといわれている、自分が薬を飲むときに使っている水を与えてみた。それは五〇〇ミリリットルで二千円の高価な水で、飲ませてみたら人もネコも顔を背けた、あの口臭が消え失せたのである。私たちは驚いて、口臭がなくなったビーちゃんを眺めていた。それを聞いた知り合いが、自分の家の同じく口の臭いネコに与えてみたら、同じく口臭がしなくなった。何がどのように作用するかはわからないが、とにかくビーちゃんも、よそのネコの口も臭くなくなったのである。

干しイチジクが好きな、メスのチワワを飼っている知り合いは、仕事があまりに忙しいと、その子を実家に預ける。今年も七月の頭に預け、夏の猛暑のときに都心の家に置いておくよりも、郊外の緑の多い高台にある実家にいるほうがいいだろうと、九月の半ばまで置いてもらっていた。そしてやっと引き取りにいって家に戻ってくると、最初は態度が違う。久しぶりに自宅に戻ると、部屋の隅にいて、家族の様子をうかがっている。たとえばペットシーツの上でトイレをするときに、うまくいかずにちょっと脇にこぼしてしまう。すると終わったとたんに、たたーっとテーブルの下に身を隠す。怒られるといつもそこに避難するのである。それを見た彼女が、多少、こぼしたのには目をつぶり、

「あらー、よくできたねえ。ちゃんとできた。えらい、えらい」

とチワワ嬢を褒めると、ものすごい勢いで飛び出してきて、

「あたし、できた？　よかった？　ちょっと心配だったけど、あれでよかったのね？やったわ、やったわ」

といっているかのように、うれしそうにぴょんぴょんと跳ね回るのだそうだ。ふだんはその子はちょっとこぼしたくらいでは、知らんぷりをしているのにだ。

「だから、家に戻ってきた直後は、妙に口が臭いんです」

「えっ、どうして」

「ストレスじゃないかと、思ってるんですけどねえ」

人間の口臭の原因は、匂いの強い食べ物を食べたとか、虫歯、胃病、ストレスなどがあるが、イヌも同じではないかという。

「今までになく預けていた期間が長かったし、久しぶりに帰ってきたものだから、緊張してストレスになったんでしょう」

「でも自分の家なんだから、緊張するどころか、帰ってきたらほっとするんじゃない

の」

「それが違うみたいなんですよ」

彼女はチワワ嬢が実家にいっている間に、これまで汚れが気になっていても洗えなかった、ワンワンベッド、マット、おもちゃを全部洗った。清潔を保とうとする飼い主としては、当然の行為である。しかしイヌにとっては、やっと自宅に帰ってきたのに、自分の匂いのついたものがなにひとつない。イヌは嗅覚に優れているから、人間が無臭だと思っていても、洗濯をしたものでも、ほのかに自分の匂いは感じ取っているのかもしれないが、それにしても毎日、体をこすりつけたり、べろんべろんと舐《な》め回しているのとは、自分の匂いを感じる度合いが、相当に違うはずだ。そこに自分の家族がいても、彼らの顔を見れば安心というわけではなく、イヌとしては自分の匂いがついた「巣」がないと、心から安心できないのかもしれない。

チワワ嬢は洗濯されてしまった、自分の身の回りの物の匂いを、何度も嗅いで落ち着かない。

「うっすら私の匂いもしないではないけど、本当に私のなのかしら」

といっているかのように、いつまでも周辺をうろうろしているのだという。そして納得しない表情のまま、次は散歩に連れていけと鳴く。いつもパトロールしているルートが気になるのか、積極的に歩きまわり、嗅ぎ慣れない匂いがするのか、ひとっところに鼻をつけて、そこにじーっととどまって首をかしげていたりする。

「この匂い、誰？　知らない。私がいないときにここに来たんだわ。やだー、誰かしら」

そういっているだろうと想像しているのは、リードを持って観察している飼い主である。

「自分がいなかった二か月半の穴埋めを、家の内外で必死にしてるみたいなんです」

そしてそんな行動を続けて、三、四日、家の中に自分の匂いがついた居場所の巣ができ、パトロール区域の各種匂いに慣れると、緊張しなくなってストレスから解放されるのか、口臭が消えるというのである。小さな体でストレスと闘っているのかと思うと、とてもいじらしくなる。それと同時に、見知らぬ人々のなかに連れてこられたわけでもないのに、どうしてそんなに緊張するのかとも思う。イヌの性格にもよるのだろうが、チワワ嬢はうちのネコと同じ女王様気質なのに、そういうところは繊細な小間使いの少女のようなのだった。

うちのネコは十三歳で、老齢ネコの部類に入るが、口臭もないしトイレも臭くないし、匂いはまったくしない。外から来た人が、

「全然、匂いませんね」

といってくれるから、私の鼻が臭《にお》いになれているわけではなさそうだ。それでもこれからネコも歳をとって、

「おばあちゃん、お口、くさーい」

といわれるようになるかもしれない。

「もしもあんたの口が臭くなっても、うちは二千円の水は買わないからね。わかった?」

そういうと、ふんっと鼻息を噴き出してそっぽを向いた。うちのネコが臭くないのは、日々、このような態度をとっているからだ。気も遣わず、わがまま放題に過ごしているので、ストレスがたまるわけがない。

「そのおかげでね、こっちの口が臭くなりそうですよ」

私がそう訴えても、奴は振り向きもせず、知らんぷりをして前足で顔のお手入れを続けているのである。

しまちゃんの時間差攻撃

うちでは初夏から夏にかけて、天気のいい日は、日中、玄関のドアも部屋の窓も大きく開けている。住んでいるマンションはとても風通しがよく、うちのネコのしいも室内でいちばん快適な場所に陣取って爆睡している。ドアを開け放っても、のぞかれる心配はないのだが、いちばん困るのは、御飯を食べにくる外ネコのしまちゃんが、家の中に入りたがることだった。私としては、基本的には入ってきてもかまわないのだが、そうなるとしいが、ぎゃいぎゃいと鳴いて怒るので、仕方なく、

「しいちゃんが、いやだっていうからね」

と出ていってもらう。こちらの立場からいわせてもらえば、室内に入りたいのであれば、鳴くなりすり寄るなり、もうちょっとコミュニケーションをとってくれてもいいんじゃないのと、いいたくなるのだ。

しまちゃんが全く鳴かないのは相変わらずで、ベランダに姿を現したのを見て、

「いらっしゃい」

と声をかけても、ちっこい目でじーっと私の顔を見上げているだけ。

「本当に張り合いがないわねえ」

私はつぶやきながら、トレイにいれたネコ缶とドライフードをベランダに置いて、網戸を閉める。しいはそれすら面白くなくて、網戸に鼻をくっつけるようにして、

「ぎええー、ぎええー」

と唸《うな》っている。

「しいちゃんはちゃんと御飯が食べられるんだから、しまちゃんにあげたっていいでしょ。外のヒトたちは大変なんだからね」

いくら私が説得しても、しいは自分のテリトリーに他のネコが出入りするのを認めず、彼が姿を現すたびに、不愉快そうに眉間に縦皺を寄せていた。

外ネコ暮らしを続けているおかげで、知恵が働くしまちゃんは、しいの言葉攻めをかわすため、時間差攻撃に出てきた。しいは一日に三十分ほど、マンションの敷地内をパトロールするのだが、それを見計らって来るようになったのだ。しいはいつも、外に出かけるときは、いちおう「いって来ます」のつもりなのか、ドアが開いていてもそのま

ま出ていかずに、

「にゃー」

と鳴く。

「はい、気をつけていってらっしゃい」

というと、

「んっ」

と返事をして、たたたーっと走っていく。すると出かけてからすぐ、まるで入れ替わりのように、ベランダにしまちゃんがやってくる。

「あら、途中でしいちゃんと会わなかった？　おかしいわねえ」

自分がいない間に、しまちゃんが来ているなどという状況は、絶対に許さないはずなのに、しいは戻ってこない。首をかしげていると、しまちゃんは、

（そんなことより、くれえ、はやく、ごはん、くれえ）

とじーっと私の顔を見つめている。そして御飯をあげると、がっつがっつとむさぼり食い、食べ終わるとお隣に寄って、生卵と牛乳をもらい、口の周りを白くしたまま、そそくさと帰っていく。

しばらくしてしいが帰ってきたので、

「しまちゃんがきたけど、会わなかった？」と聞いても反応がない。しまちゃんは、こうるさいしいに会わないで済むように、うまーく立ち回っている。私と隣室の友だちは、彼は全方位が見渡せる場所に陣取って、ご近所の動向をチェックしているのではないか、と噂していた。しまちゃんは、

（あっ、うるさいやつが出かけていった）

とわかると、すかさずうちにやってきて、用事だけを済ませて、さっさと帰っていく。お愛想するタイプだと、人間にお腹を見せたり、撫でさせたりと時間はかかるが、しまちゃんの場合は、無愛想が売りなので、自分の用事を済ませるだけでいい。

「合理的ではあるけどね」

私たちはうなずいたものの、それにしてももうちょっと愛想があっても……という思いは同じなのだった。

ある日の午前中、しいがパトロールに出かけた後、台所で食器洗いを済ませ、洗濯物を干そうとリビングルームを通ると、しまちゃんがちゃっかりと入っていて、ちっこい目でこちらを見ている。玄関のドアにストッパーをかませて、開けっ放しにしてるので、そこから入ってきたらしい。いつもはその前を素通りして、ベランダにやってくるのに、しまちゃんはあわてる様子もなく、その場にじっとたたずんでいる。

声をかけながら近寄ると、しまちゃんはちょっとあせったふうではあったが、すぐにリビングルームから逃げようとはせず、

(だめすか、いいすか、だめすか、やっぱりだめすか)

といっているかのように、ちらりちらりと私のほうを見ながら、入ってきた玄関ではなく、いつもは絶対に入ることのない奥の和室に逃げ込もうとする。

「こらこら、どうしてそっちにいくの」

しまちゃんは、一目散に逃げるのではなく、俵のような体で、室内をどすどすと小走りに走り回りながら、やっと玄関から逃げていった。ふつうの外ネコ、ましてや人間に懐かないネコならば、人家に入ったとしても、身に危険が及ぶようなことが起こりそうになったら、何が何でも最短の非常口から逃げようとするのが本能だろう。しかししまちゃんは、開いているドアではなく、奥へ奥へと逃げようとする。私が彼に危害をくわえないというのは、見透かされているだろうが、それにしてもすぐに逃げようとしない態度と、ふだんの全く懐かない無愛想な態度の違いに、

「なんでかしらねえ」

と首をかしげるしかなかった。

激怒したのはしいである。パトロールから帰ってくると、玄関に入るやいなや、鼻をひくひくさせている。

「しまちゃんが、入ってきたんだよ」

というと、部屋の床の匂いを嗅いで、

「いやー、いやー」

と叫ぶ。そしてベランダにも出て、きょろきょろと辺りを見回して、しまちゃんがいないか警戒していた。

その後も何度か、しいが出かけた後、しまちゃんはちゃっかりと家の中に入ってきた。そして私が近寄ると、開いているドアから一目散に逃げるのではなく、各部屋の中を走り回って外に出ていくのは同じだ。もしかしたら、いつもアスファルトや土の上しか歩いていないから、たまには絨毯《じゅうたん》や畳やフローリングの上を歩いて、肉球を休ませているのかしらとも考えた。そのたびに帰宅したしいが、頭のてっぺんから火を噴いたのはいうまでもない。

夜遅く、めずらしくしいが、外に出たがったので、

「もう寝る時間だから、すぐに帰っておいで」

と送り出し、私は服や本の片づけをしていた。自分がいる部屋以外の電気はすべて消

していたので、そのときはリビングルームしか点灯していなかった。服を何枚か抱えて、真っ暗なベッドルームに入っていくと、酢のような匂いがする。厳密にいえば、純粋に酢の匂いとも違うのだが、酢にいちばん近い、つーんとした強い匂いが漂っていたのだ。その日は酢を使うような料理もしなかったし、おかしいなあと思いながら、鼻の穴を広げて匂いが強く漂ってくる場所に目をこらしてみると、何かの気配がある。急いで電気をつけると、部屋の隅にしまちゃんがいるではないか。いつものようにちっこい目で、じーっと私の顔を見ている。

「どうしたの。なんでここにいるの」

思わず声を上げると、

(だめすか、やっぱりだめすか。じゃ、さよーなら)

としまちゃんは出ていった。夜なのに、しいが出ていったのを目ざとく見つけて、ちゃっかり入り込んでしまったのに、私が気づかなかったのである。

しまちゃんが、あんなに臭いとは思いもしなかった。しまちゃんが近寄らせなかったこともあるし、ベランダやリビングルームなど、比較的広い場所でしか接しなかったからわからなかったが、六畳のベッドルームの中のしまちゃんは、強烈な匂いがした。獣臭いのは何度も嗅いだことはあるが、すっぱい匂いのネコははじめてだった。

友だちにその話をすると、

「あらー、私も匂いには気がつかなかったわ」

といい、それから私たちは「すっぱいしまちゃん」と呼ぶようになった。家に入りたいのだったら、無愛想な態度に変化があるのかと期待したが、それはいつまでたっても改善される気配はない。しいが出かけた後、しまちゃんが入ってこないように気をつけていたのに、また入られた。そこは玄関を入ったすぐ左側の本棚が置いてある部屋で、本を取りに入ったら、部屋のど真ん中にしまちゃんがいた。

「あらっ」

目が合うと、珍しく大あわてで玄関から走って逃げていった。どうしたのかしらと見てみたら、なんと部屋の絨毯の上に、大量に吐いているではないか。

「くっさー」

生ものが腐ったのと、すっぱいのと、とにかく今まで嗅いだことがない、すさまじい悪臭が漂っている。私はマスクを付け両手にゴム手袋をはめ、ボロ布、ビニール袋、重曹を手に、なんだよーと文句をいいながら、掃除に取りかかった。吐いた物の上に重曹を振りかけ、ボロ布をかぶせて取ろうとすると、まるでゴムが溶けたかのように、ねばーっとすさまじく糸を引き、それが新たに匂いを発して、その臭さといったら超弩級なのである。

「うわあ」

私は顔をそむけながら、手にした布をビニール袋の中に放り投げた。絨毯にはまだ、ねばねばがこびりついているので、重曹を振りかけて、それをつまみ取るのを何度も繰り返した。十回ほど繰り返してやっと、糸を引くねばねばは無くなった。

「なにを食ったんだ、あいつ」

腹が立ってきた。水で何度も拭き、仕上げはアルコールスプレーを噴霧して、やっと強烈な匂いはしなくなった。

そこへパトロールを終え、満足そうな顔をした、しいが戻ってきた。興味津々で寄ってくるので、

「しまちゃんが来てね、ここに吐いたのよ」

と訴えた。しいは鼻を近づけようとした瞬間、わっと顔をしかめて、足早に去っていった。怒りにまかせて絨毯をこすりすぎたのか、薄グレーが白くなっていた。

それから二日後、しまちゃんがやってきた。心なしか顔の表情に、「すみませんの気持ち」が加わっているように見えた。私は御飯を差し出しながら、

「あのね、吐くんだったらね、絨毯じゃなくて、せめて掃除がしやすい場所にしてくれ

ないかしらね。大変だったんだから。気持ち悪くなったのはしょうがないけど、今度からそうなったら、絨毯の上では絶対にしないでね」

と文句をいった。しまちゃんはちっこい目で私を見上げた。じっと見つめ返すと、その目の奥には、

(すまん)

という言葉が浮かんでいた(と思う)。トレイを置くと、しまちゃんはいつものように、がっつがっつと勢いよく食べた。うちに来づらくなったという感情はないようで、何事もなかったかのように、それからもやってくる。湿気の多い日、本が置いてある部屋に入ると、完全に取りきれなかったしまちゃんの吐いた匂いが、もわーっと再び漂ってくる。そしてそのたびにげんなりして、その日のすべてのやる気を失うのである。

木彫りクマの謎

小学生の頃、友だちの家に遊びにいくと、あちらこちらである物をよく見かけるたびに、私は不思議だなあと眺めていた。それは木彫りのクマである。各家庭にある木彫りのクマたちは、大きさは違うものの、デザインはみな同じだった。口に鮭らしき立派な魚をくわえて、「獲ったあ」の状態を表している。大人の手にやっと乗りそうな大きさのものから、子供の手のひらにちょうどいいものまで、さまざまだ。置いてある場所も、玄関の下駄箱、タンス、お父さんの机、床の間など、こちらもさまざまだった。

下駄箱の上ではお母さんが編んだレースのドイリーの上に鎮座していたり、タンスの上ではケース入りの日本人形や、こけしの用心棒のように置かれていたり、お父さんの机の上のクマは眼鏡置きになっていた。床の間では大きな将棋の駒と共に並べられていたりして、その家の都合に応じて飾られていたのである。

当時は子供だったので重く感じたかもしれないが、触らせてもらうと、木製でそれなりにずっしりとした重みがあった。毛並みはもちろん、クマの歯や爪までとても丁寧に彫られている。

「これ、どうしたの」

友だちにたずねても、

「知らない」

と首を横に振る。たしかに子供たちには興味がない代物であり、みな、

「気がついたら、うちにあった」

という。私が友だちの家で調査した結果、「気がついたらうちにあった」といったものの三位は中山式快癒器。二位は木彫りの大きな将棋の駒。堂々一位がこの木彫りのクマなのであった。

子供が知らないとなると、両親が彼らのために買ったものではない。毛の具合や形、表情も妙にリアルなので、かわいらしい置物ではなく、抱っこをしても柔らかさがないので、もらっても、

「わあ、やったー」

と子供は大喜びはしないだろう。嫌なものならば、人は家には飾らない。なかには床

の間が、不要品の吹き溜まりになっているような家もあるが、それを考えても、その木彫りのクマは、それなりに家の中で、居場所を与えられていたのだ。

この木彫りのクマについて、どうしても気になり、インターネットで検索してみたら、

「へええ」

の連続だった。北海道の熊狩りの殿様と呼ばれた徳川農場の農場主、徳川義親氏が大正十年から十一年にかけて、妻とスイスを旅行した際に、木彫りのクマがおみやげ品として売られているのを見た。冬場、仕事のない地元の八雲町の農民のために、冬期の家仕事として勧めようと、それを持ち帰って広めたという。「とにかく作ってみろ、できたものは私が買いあげるから」（「八雲の木彫熊」より）と徳川氏が言ったというのがすばらしい。何年か前には、木彫りのクマのルーツを探り、スイスまで取材をしたテレビ番組も放送されたようだ。

北海道の土産品となると、私が子供時代を過ごした昭和三十年代の東京では、自慢できる品物だったような気がする。

「北海道を旅行した」

と聞くと、

「ほおお」

と驚くような長旅だった。北海道を旅行した人は、

「行ったぞ」

の大切な記念にした。お土産でもらった人も、昔はみなそうだったが、そこでしか購入できないものをもらって、うれしかったに違いない。

私が見たのは、みな同じ形だったが、実はバリエーションがあるのも、「八雲の木彫熊」で知った。茂木多喜治、柴崎重行の両氏が有名で、茂木氏のほうは商品としての、毛彫りのクマを作り続け、柴崎氏のほうは芸術的作品として手斧を使っていたという。こちらはリアルなクマとは違い、細部までは彫られていないのだが、ころんとしたクマらしい愛らしさが漂う素敵なものだ。こういうことはいってはなんだが、友だちの家にあった私が見た「獲ったあ」のクマは、普及品だったようだ。大きな鮭を獲得した姿がめでたく、人々に喜ばれたのかもしれない。私は同じ形の木彫りのクマしか見ていなかったので、毛彫りのリアルクマでも、とても愛らしいしぐさ、表情をしているものがあると、画像を見てはじめて知り、みな鮭と一対になっているわけではなく、木彫りのクマも奥が深いなあと感心してしまった。

同じクマでもテディベアは、愛されるために生まれてきたようなものだ。手元の英和辞典を調べたら、セオドア・ルーズベルト（愛称がテディ）が、猟のときに子グマを助

けた逸話によるらしい。子グマを助けるくらいなら、猟なんかしなきゃいいのにと思うのであるが、海外では子供が必ず持っているアイテムだ。ドイツのシュタイフ社のテディベアは特に有名で、コレクターもいて相当な値段がついているものもある。

外国のドラマや映画を見ると、子供がまるでぼろ切れみたいになったテディベアを持っているシーンを見かける。一緒に寝、一緒に遊び、たまに怒りのはけ口になるクマちゃんは、よだれやつばやら手垢やら、子供の体から出る物まみれになっている。足をつかんでぶん投げられ、腹から綿が出たり、ボタンの目がなくなったりする。負傷した部分はお母さんが丁寧に繕《つくろ》ってくれるものの、外国のテディベアは大変なのである。

だからこそ子供が大きくなった後も処分できず、なかにはいちばん大切な宝物という人も多い。アンティークの目のボタンが取れかかっているクマちゃんでも、相当な値段がするのは、昔からみんなの生活の中にとけこんでいる、いちばん大切な友だちといった感覚があるからだろう。

テディベア好きの人のなかには、パッチワークで縫い上げる人もいる。種類の違う多色の花柄をパッチワークしたものを見たとき、布地のたくさんの色柄に目を奪われて、最初はわからなかったが、じーっと見ているうちにやっとクマとわかった。平面の小さな布を縫い合わせて、クマちゃんの体にしたテクニックには感心したが、正直いってか

HOKKAIDO
AMERICA
HOKKYOKU
ONEGAI…

わいいとは思えなかった。やはりテディベアは、ひと目で「クマちゃん」とわかるのがいい。

人間はもともとクマが好きらしい。木彫りのクマ、テディベア、立ち上がる風太くんに代表されるレッサーパンダ、上野にまたやってきたジャイアントパンダ、ツキノワグマ。白クマの子グマなど、この世にどうしてこんなかわいい生き物がいるのだろうかと、身をよじりたくなるほどかわいい。ただ大きくなると、

「あのかわいかった子が、こんなに?」

とあの愛くるしさが永遠に続かないことにちょっとがっかりするが、ベルリン動物園のあのクヌートが亡くなったときは、かわいかった子グマのときの姿を思い出して、とても悲しかったのは事実なのだ。

先日、テレビで、すごいクマを見た。お客さんがエサをあげていたので、動物園ではないと思う。どうしてそのクマがすごいのかというと、まるで人間みたいな行動を取ったからだ。その話を知人にしたら、北のほうのクマの牧場ではないかといっていたが、途中から見たこともあり、たしかなことはわからないのだ。

そのクマは器用に後ろ足で立ち上がり、背筋も今時の若い者よりも伸びた姿で、人間が山の上で、

「ヤッホー」

と叫ぶように口に手を持っていって、

「ばおー、ばおー」

とお客さんに向かって呼びかける。それだけでもびっくりするのに、まるで、

「こっち、こっち」

といっているかのように、挙げた両手を振ったり手招きしたりと、人間顔負けのアピールをするのであった。以前、レッサーパンダの風太くんが立ち上がるのを見たテレビのキャスターが、CG合成にちがいないと最初は信じていなかったが、この強烈アピールグマも、中に人間が入った、とってても出来のいい着ぐるみといわれても、納得できるような姿だった。

いったいこのクマは、どこでこのようなしぐさを知ったのか。同じ場所にいるクマたちのほとんどは、よく見かけるクマのように、投げられたエサを拾って食べている。アピールグマのそばで、真似をしようとしているクマもいたが、やはりそのしぐさはまだクマであり、人間には近くなかった。

学習するにしても、なにかを見なければ学習できない。まさか周囲にいたクマが、お互いを呼ぶのに、立ち上がって口に手をあてて、

「ばおー」

と叫んでいたわけもなく、クマから学んだとは思えない。となると人間がそうやって誰かを呼ぶのを見ていて、それを真似したのだろうか。たとえ真似をしたとしても、それが自分のアピールになり、そうすることによって、エサが自分のところに投げられるという、考えのつながりはどうしてできたのだろうか。あれだけのアピールをする賢いクマは、ボスに違いない。そのボスの真似をして、傍らでうろちょろするクマがいても不思議ではない。もしもあのクマがボスではなかったら、本当のボスはそれ以上に賢いわけで、ふと見たらエサ売り場に店員のふりをして、立っていそうな気がするくらいだ。

何か情報があるかと、知人が教えてくれた、登別のクマ牧場のサイトにアクセスしてみると、歴代のヒグマのボスが紹介されていた。それぞれの性格や容姿の紹介があって、とてもほのぼのしたのだが、「ばおー」の件については記されていなかった。しかし別のところに、

「ヒグマのメスはひょうきんで、立ち上がってエサをおねだりしたりする」

とある。もしかしたらあのアピールグマはボスではなく、メスだった可能性が高くなってきた。木彫りのクマだけではなく、生きているクマもとても奥深いのであった。

実物のクマはとても大きいけれど、そういうしぐさをするとかわいいし、飾り物にな

っていたり、ぬいぐるみになっていたりすると、よりかわいい。のんきにたら〜んとしているリラックマがあれだけ人気が出たのも、リラックスできないストレスだらけの現代人が、あの姿を見てほっとしたからだ。リラットラやリラッサルじゃいまひとつ感じがでない。クマだからよかったのだ。

私はぬいぐるみを飾ったりする趣味はないのだが、十数年前、デパートのおもちゃ売り場でたまたま見かけた、小さなクマに目を奪われ、惹かれるように買ってしまった。全長七センチ足らずなのに、首、手足がみな動くのである。おまけにベストなどの着せ替えのお洋服まである。とりあえずクマちゃんの本体のみを買って帰り、家でよく見てみたらイギリスのテディベア作家の作品で、シリアルナンバーもついていた。当時、私は母親との間で揉め事があり、日々、怒ったりうんざりしていた。そのクマちゃんののんびりした風貌が、私のいらだった気持ちを和らげてくれると、本能的に手に取らせたのだろう。

現在につながるクマグッズを作った、二人の男性は熊狩りが趣味だった。クマの命を生活のためではなく、自分の趣味で奪っておいて、クマグッズのきっかけを作るというのも、正直いって複雑な思いがする。狩りをしている罪滅ぼしの意味合いもあったのだろうか。といっている私も、アピールグマの手招きする手を見て、はっとした。北京で皇帝料理のコースの一品として、クマの手を食べた経験があるからだ。見事にあの形のまんまだった……。複雑な気持ちになった。

みんな実はクマのことが大好きなのに、命を奪う結果になるのは、本当に心が痛む。のっそり歩いているのがパンダだったら、撃たれないのに。不幸なクマの話題を見聞きするたびに、自分のことも含めて、本当に人間の都合のいいことばかりしてごめんね、とつぶやくしかないのだ。

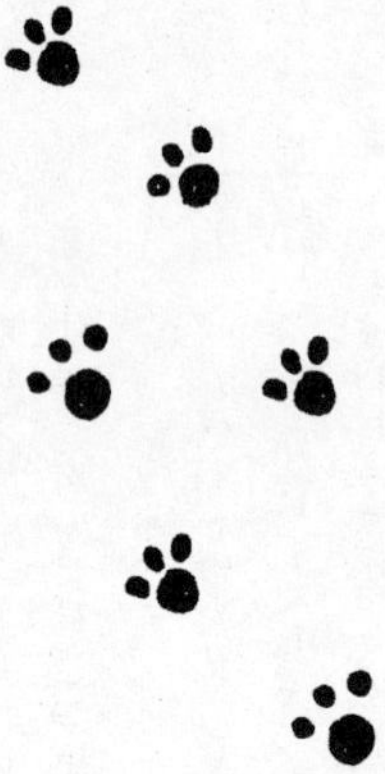

動物たちの大地震

東日本大震災は、被災された方々はもちろんのこと、その地で暮らしている動物たちにも多大な影響があった。漂流していたイヌが飼い主と再会したり、倒壊した家の近くで飼いネコが生きていたり、また津波に呑まれた牛が戻ってきたりと、あの惨状で動物たちも生き残ってくれていたかと思うと涙が出た。東京も震度5弱の揺れで、私が経験したなかで、いちばん大きな揺れだった。後日、上野動物園のカバのサツキが、地震のときに負った怪我が原因で亡くなったと聞いて、かわいそうでたまらなかった。震度は被災地ほどではなくても、動物たちにも大きな影響を与えていた。

当日、私は外出から帰ってきて、マンションのエレベーターの中で地震に遭った。上昇する箱のものすごい左右の揺れに、すぐに地震だとわかり、閉じ込められるのではないかと心配したが、部屋が三階建ての三階にあるためにすぐに扉が開いてくれた。

もともと地震は平気なほうなので、パニックにはならず、部屋の鍵を開けて、留守番をしているうちのネコに、まず、

「帰ってきたから大丈夫だよ」

と声をかけた。ただならぬ揺れが続くので、避難経路を確保するために、ドアノブを持ってドアを半開きにしたまま、ずっと玄関に立っていた。人の叫び声などは全く聞こえず住宅地は静かで、建物ががたがたと大きく揺れる音しか聞こえないのが不気味だった。

やっと揺れが収まり、近所に火の気配がないのを確認して、室内に入るとネコの姿がなかった。名前を呼びながら隠れていそうな場所を探すと、ベッドカバーが乱れているのが目についた。

「しいちゃん、ここにいるのかな」

そーっとカバーをめくると、中からひょっこりと顔を出した。

「びっくりしたねえ。すごい地震だったものねえ」

頭を撫でてやると、ベッドから降りてきた。あわててもぐりこんだせいで、さすがのネコも体の準備が整っていなかったのか、かわりばんこに後ろ足を「うーん」と伸ばして、ストレッチをしていた。しいも地震はこわがらず、これまでも震度4くらいだと、

平気でお腹を上にして寝続けていたのに、さすがにびっくりしたらしい。

私は携帯電話を持っていないので、地震の詳細はわからず、テレビをつけてはじめて事情がわかった。しいも、ふだんは私が外出から帰ると、やいのやいのと文句をいうのだが、さすがにその日はおとなしかった。揺れはじめてから私が家に帰るまで、一分足らずだったと思うが、それでもどっと精神的な疲れが出たのか、夕方までずっと寝ていた。しかし食欲もふだんと変わらず、夕食後の習慣になっている、赤ちゃん抱っこをしてもらい、その後、膝の上で寝る「おひざ」もねだった。いつもよりもくっつきたがるくらいで、地震の影響はあまり感じられなかった。

夜になっても近所はとっても静かだった。テレビの画面には勤務先から歩いて帰る人々の姿が映っていて、この近所でもまだ家にたどりつけない人も多いのだろうなあと気の毒に思っていると、イヌの鳴き声がまったく聞こえないことに気づいた。うちの近所はイヌを飼っているお宅が多く、配達の車が来たり、人が訪れたり、地震があったりすると、

「違う、違う、ふだんとちがーう」

といっているかのように、いっせいにイヌたちは吠えていた。防犯対策は完璧な地域といえるのであるが、さすがに今回の地震にはイヌも度肝を抜かれたらしく、夜になる

まで近所からは、イヌの鳴き声の「クーン」も「アオーン」も全く聞こえなかった。ただただ夜になってもしーんとし続けている。その夜、いつものようにしいと一緒にベッドに入り、

「また揺れてるねえ」

といいながら、いつの間にか寝てしまった。翌朝起きると、しいの様子がどこかおかしい。小さな声でうなりながら、落ち着きなく、うろうろしている。地震の影響が今日になって出たのかと、体を撫でながら、

「どうしたの？　心配しなくても大丈夫だからね。これからずっと、おかあちゃんがそばにいるから」

といっても、「うーん、うーん」とうなって落ち着かない。そして前足で戸をひっかいて、「開けて」と催促するので、ベランダに面した戸を開けてやると、一直線に友だちが住む隣室に走っていった。

どうしたのかと、あわててベランダ履きのサンダルを履いて、隣の様子をうかがうと、しいは隣のベランダでしっかと脚をふんばり、室内にむかって、

「わあああー、わあああー」

と今まで聞いたことがない大声で鳴いた。あっ、友だちを呼んでると思った瞬間、カ

ーテンが開いて彼女が顔を出した。

「しいちゃん、おばちゃんは大丈夫だよ。心配してくれてありがとね」

するとしいは、しばらく彼女の顔をじっと見上げていたが、無事を確認すると大急ぎで戻ってきた。

彼女は外出先の都内のビルの中で地震に遭遇し、それから車で五時間かけて帰ってきたといっていた。

「お互いにたいしたことがなくてよかった」といっていると、しいはそれを聞きながら、私の足下でぐるぐると喜んでいる。友だちに、

「しいちゃん、ありがとう。本当にうれしかったよ」

と声をかけてもらうと、しいは私の脚に頭や体を何度もこすりつけた。地震直後はしいも気が動転しただろうが、かあちゃんも帰ってきたし、何事もなくほっとしたのだろうが、気持ちが落ち着いてきたら、隣のおばちゃんはどうしたのかと気になったのだろう。

「しいちゃんは優しいね。おばちゃんも喜んでくれたし、かあちゃんもうれしかったよ」

抱っこして褒めちぎると、しいは鼻の穴を広げて満足そうだった。その後、うちのネ

コは緊急地震速報の音がすると、「ん?」と耳を立てたりはするが、食欲にも変化はなく前と同じように過ごしている。

他家の動物はどうかと調べてみると、ネコが二匹いるQさん宅では、先に拾ったお姉ちゃんのネコのほうは、地震にびっくりしてクローゼットの中に隠れてしまい、当日は姿を見せなかった。翌朝、おそるおそる出てくると、テレビの後ろ、棚の後ろ、鏡の裏など、置いてある家具の後ろを匂いをかぎ、チェックしながら歩き回っていたという。

「きっと誰が部屋を揺らしたのか、調べていたんだと思います」

揺れているということは、背後で揺らしている誰かがいると考えたその子は、お利口さんである。後から拾った妹ネコのほうは、リビングルームにいたときに地震に遭遇したようで、「あの部屋は変だ」と刷り込まれたらしく、彼女が抱っこしてやると、どこにいても平気なのだが、お姉ちゃんネコがリビングルームを歩いていても、その子はしばらくリビングルームには足を踏み入れなかったという。

大きな地震ひとつとっても、ネコそれぞれに感じ方が違う。知り合いのネコたちは、それほどのショックを受けた子はいなかったが、伝え聞いた話によると、食欲がなくなったり、お腹をこわしたりと、体調が悪くなったネコもいたらしい。しかしネコよりもイヌのほうが、もっと大変だったようだ。

うちの近所の防犯意識の高いイヌたちが、地震に遭遇して「クー」とも鳴かなかったところを見ると、本当に怖くて心細かったのに違いない。イヌだけで留守番をしているお宅も多かったはずだ。人間だったら離れていても、携帯電話で連絡が取り合える場合もあるが、イヌは携帯を持っているわけではないから、飼い主の顔を見るまでは安心できなかっただろう。おまけにあんなに帰宅するのが大変だったのだから、ふだん帰ってくるはずの時間になっても、誰も帰ってこない。わがままで女王様気質のうちのネコでさえ、隣室の友だちを気遣うくらいなのだから、飼い主をボスと慕っているイヌたちが恐怖に怯《おび》え、途方にくれて声を出す力もなくなったのも当然と、イヌに同情したくなった。

イヌが家にいる知り合いに話を聞いたら、飼っているチワワは、地震直後は絶対に床を歩かず、ずっとソファの上に座っていたという。移動したくなったときは、鼻を鳴らして飼い主を呼び、抱っこしてもらうのを待っている。とにかく床が大揺れしたのを覚えていて、抱っこしているのを降ろそうとすると、必死に抵抗して体にしがみついて離れないのだった。

そんな調子なので、散歩にも行きたがらない。室内では用を足さない習慣なので、ずっと用便を我慢している状態になってしまった。いつまでもそんな状態を続けるわけにはいかないから、リードをつけて散歩に行かせようとしても、玄関で足を踏ん張る。ふだんならば、頼んでもいないのに往復一時間の道のりを、パトロールするくらいだったのにである。

「トイレはどうするの」

彼女がリードを引きながらチワワに聞くと、しぶしぶ外に出てきたが、十歩ほど歩いてそこでちゃちゃっと用を済ますと、「ささ、帰りましょ」といいたげに、そそくさと玄関にUターンする。飼い主が後始末をしているのも待ちきれないのか、早く、早くとせかすように、チワワはその場で足踏みをし、ドアを開けたとたんに家の中に入って、すぐに抱っこしてくれと飛びついてきた。とにかく地べたに足の裏をつけるのを、極力避けているのだった。

余震が続くと、チワワはソファの上も危険と判断したらしく、ドーム型の自分のベッドを、居場所に決めるようになった。いつもは寝るときだけ使っていたのが、日中もそこに入ったまま出てこない。飼い主がのぞいてみると、寝ているわけではなく、丸くて黒い目をぱっちりと見開いているのはいいが、どうもかわいらしくない。どうしたのかなとよくよく見たら、眉間にしっかりと縦皺が刻まれていたのである。

「人間でも苦労が続くと、眉間に皺が寄ったりするじゃない。あれと同じように、今までなかったのが、くっきりと入ってるのよ」

こりゃ大変と、彼女が皺が伸びるようにと、指先で撫でてやっても、むっとしたままの表情は変わらない。チワワにとっては尻尾を振る気分ではない状態が続いていたのであった。

ドーム型ベッドがシェルターのつもりだったのに、そこも安心できる場所ではなかった。余震のたびにチワワは弾丸のように飛び出してきて、ベッドの前で興奮してぐるぐると回りはじめる。彼女がびっくりして見ていると、ぐるぐる回りは二、三日でしなくなったものの、余震の際にベッドからものすごい勢いで飛び出してくるのは同じだが、彼女の体を前足でぴたぴたと叩きながら、

「揺れてる、揺れてる（飼い主の想像）」

と訴えるようになった。抱っこして体を撫でてやってもずっと怯えている。お腹もずっとこわしているし、大変だったらしい。今はお腹の具合もよくなり、散歩にも行くようになったけれど、震度1や2の揺れであっても、ベッドから飛び出して、前足でぴたぴたするのは続いているという。

あれほどの大地震だと余震は一年間も続く場合があると、ニュースでいっていた。あんなに大きな地震を体験したら、これからずっと地震があるたびに、同じことを繰り返

すのかと、飼い主は悩んでいる。

「あの子も十歳を過ぎたから、年を取るにつれて記憶がなくなるっていうことはないのかなあ」

「どうでもいいことは忘れるかもしれないけど、怖い体験だからいつまでも覚えているかもしれないわねえ」

「それじゃ、これから地震があるたびに、弾丸ライナーとぴたぴたは続くのかしら」

私たちはため息をついた。人間にも大きなダメージを与えたが、動物たちにも被害が及んでいる。日本はこれからも、あちらこちらで大きな地震が起こってても不思議ではない状況に置かれているようだ。もうこれ以上、大きな地震は来ませんようにと、不信心な私でも神様に祈りたくなるのである。

おじさんのイヌ操縦法

うちの近所の公園に行くと、イヌを連れて散歩をしている人がたくさんいる。チワワ、ヨークシャー・テリア、トイプードル、ポメラニアン、ウエルシュ・コーギー、フレンチ・ブルドッグ、ミニチュア・ダックスフント、ラブラドール・レトリバー。なかにはボルゾイやピレネー犬まで悠々と歩いていて、圧倒的に洋犬優勢だ。日本犬で唯一がんばっているのは柴犬くらいだ。私が子供の頃に、そこここで飼われていた、お前はばかではないかといいたくなるくらい、愛想がよくて丈夫だけが取り柄だった雑種は、本当に少数派になってしまった。

洋犬のほうが日本犬よりもおとなしく、飼い主のいうことをよく聞くので、飼いやすいと聞くが、洋犬がおとなしいといっても、飼われている環境によっても違うだろう。ご近所の洋犬のうち、無駄吠えが多いのは、三匹の小型犬を飼っている家だけで、めっ

たやたらと吠える。それを鎮めようと奥さんも、

「うるさい！」

とやたらと吠えるのである。イヌたちは簡単にはおとなしくはならない。吠えたくなったら、とことん吠えないと気が済まない性分のようなのだ。その奥さんはヒステリー気味で、子供が小さいときには、大声で怒鳴り続けていた。そういった性格が、イヌの行動にも影響を及ぼしているのではないかと、私は勘ぐっている。

さまざまな犬種が集っている公園では、イヌ同士が尻尾を振って仲よくしている場合もあれば、その状況が気にくわないのか、たまにだが、やたらと他のイヌに向かって吠えたてる子もいる。飼い主同士は談笑しているのに、自分が優位に立てそうな一匹だけを狙って、飛びかかろうとする子がいる。飼い主が、

「やめなさい」

と叱っているのに、どういうわけか挑戦的なのだ。すると吠えかかられたほうは、飼い主の後ろに避難して、

「なんだ、こいつは」

と迷惑そうな目つきで眺めていたりする。イヌ同士にはちょっと問題があるが、飼い主同士は、

「本当に申し訳ありません」

「いいえ、うちのが何か気に入らないことでもしたんでしょう。ごめんなさいね」

と友好ムードである。散歩をさせていて顔見知りになり、結果的にイヌが仲よくなっても、ならなくても、イヌが仲介役になって人と人とを近づけてくれるのは間違いないのだ。

そういう光景を見ると、

「ネコを飼っていても、こういうことはないからなあ」

とイヌとネコとの違いを認識させられる。たとえばネコの体質が変わって散歩が必要になったとしても、イヌのように積極的にお友だちを作ろうという気はまったくないと思う。他のネコには近寄っていかず、お互いにちらりと横目で様子はうかがいながらも、

(ふーん、あんたはそっちに行くわけね。おれはこっち)

と個人主義的なネコの性格を丸出しにするだろう。公園で飼い主たちがネコを連れて集まったとしても、ネコたちはみな知らんぷりで、目を合わさないように、それぞれが違う方向を見ているのが、目に浮かぶようだ。

イヌを飼って人間関係がいい方に向かった喜ばしい話を聞いたことがある。子供たちが独立し、会話もない倦怠期まっただなかの夫婦の家にイヌがやってきた。夫婦はいや

でもイヌのために外に出るようになり、散歩の途中で知り合った他のイヌの飼い主とも仲よくなって、夫婦でおつきあいできる友だちがたくさんできたという。その一方で、知人のお母さんは公園で親しくなったイヌ友だちの同年配の女性から、

「家に遊びにいらっしゃいよ」

と誘われて、イヌを連れて遊びにいったら、そこで高額な鍋セットを売りつけられそうになって、びっくりして帰ってきたという。イヌ友だちが増えるのも、良し悪しなのだ。

ずいぶん前だが、愛犬家殺人事件が何件かあって、私はそれをニュースで知ったときに、

「イヌをかわいがるような人でも、人を殺すのか」

とちょっと驚いた。しかしその手段が、イヌを殺処分するときに使う筋弛緩剤だったと知って、かわいがっているのか、そうじゃないのか、わけがわからんと憤慨した。良くも悪くも、それだけイヌをつれていると、人との関係が密になる証拠だろう。

愛猫家殺人事件など聞いたことがない。たとえ飼い主たちがネコを連れて集まったとしても、なかには他の子に興味を示すネコもいるかもしれないが、ほとんどが、

「なんでここに連れてこられたのか」

と疑いを持ちそうだ。特にうちのネコのように性格がきついと、

「どうして私が、こんなとこにいなくちゃいけないのさ」

とのっけからみんなに尻を向けて、参加拒否しそうだ。イヌのように、

「みんなお友だち。たくさんお友だちが増えてうれしいなあ」

という団体行動奨励の気持ちなどまったくない。ネコは個人主義の自分の立場を脅かされるのを、とてもいやがる。ネコを通じて新たな人間関係が生まれるのは、キャットショーなどに積極的に参加している飼い主以外、いないような気がする。イヌはその子の性格が、よほど悪くない限り、散歩をすればするほど、お友だちが増えていく質《たち》の生き物なのだと思う。

ネコは飼い主がどういうふうに飼っているかがわかりにくいけれど、イヌの場合は飼い主との主従関係がばれてしまう。そこがまた興味深い。先日、二十代後半か三十代のはじめくらいの女性が、ラブラドール・レトリバーを連れていた。レトリバー種は頭がよく、飼い主に対しても従順で、リードを持った飼い主の隣をおとなしく歩いているものだが、その子はふらふらと飼い主から離れて、そこいらじゅうを歩きまわる。そのたびに飼い主に叱られている。するとしぶしぶ隣に戻ってきて、やる気なしという顔で歩きはじめる。散歩をしているのに足取りがとても重いのだ。どうしてそうなのかしらと

BICHON FRISE
PUG
MINIATURE SCHNAUZER
FOX TERRIER

見ていたら、彼女がとても細かく、イヌに注意する。ちょっとでも横を向くと、

「前を向いて」

と叱り、少しでも飼い主の前に出ると、

「だめ、下がって」

と前を遮る。何があってもきちっと前を向いたまま、飼い主から一歩下がって歩くように、彼女はしつけたいようなのだった。

横断歩道で青信号に変わるのを待っているときも、彼女は「おすわり」と指示した。しかしイヌはそれを完全に無視して、銀行の入り口横にある芝生の上にごろりと横になり、ぺろぺろと前足を舐めはじめた。見事なシカト犬なのである。

「こっちに来なさい」

彼女がいくらリードを引いても、知らんぷりをして舐め続けている。そして信号が変わるとよっこいしょと腰を上げ、横断歩道を渡りはじめた。飼い主に従ったというより、決まっている散歩のルートを、自分の意のままに歩いているのだった。

あの子は散歩中にあれだけ小言をいわれているのだから、家でも細かく注意されたり、叱られまくっているのだろう。それにうんざりしていて、飼い主の言葉を無視するようになったのかもしれない。イヌが飼い主と散歩をしているとき、歩きながら飼い主の顔

を見上げ、

「お散歩楽しいね」

といっているかのような、ほほえましい光景をよく目にする。それほどではなくても、飼い主とイヌとのお互いの愛情は感じ取れるものだ。しかし彼女とシカト犬にはそれが感じられなかった。明らかにイヌは飼い主を小馬鹿にしているし、飼い主は叱りつけて従わせようとしている。イヌは彼女と目を合わせようともせず、明らかに投げやりな態度に終始していたのだ。

最初は人なつっこくかわいい子イヌだっただろうに、成長するにつれてあんな態度をとるようになってしまった。それは飼い主の責任だ。彼女には、きちっとしたお利口さんのイヌを連れて歩きたい、確固たるイメージがあって、それをあの子に求めたのだろうけれど、一緒に暮らしているうちに、だんだんずれてきた。きちんとしつけるのであれば、専門家の手を借りる必要もあっただろう。

私はイヌを飼った経験がないので詳しくはわからないが、一緒に暮らす動物の種類が何であれ、彼らの性格や感情を上手にくみ取って、愛情を持って飼い主がしつけないと、うまくいかなくなると思う。せっかく縁があってやってきたイヌと生活しているのに、相手は自分と目も合わさず、声をかけても知らんぷりなんて、お互いに不幸だといわざるをえない。そうなると飼い主の小言はより細かくうるさくなり、イヌはへそを曲げていく。なんとかうまくいかないのかなあと、私は一人と一匹の後ろ姿を眺めた。横断歩道を渡っている間中、彼女は小言をいい続け、イヌは耳も立てずに、そっぽを向いて歩いていた。彼女が早く気づいて、関係修復を図ってもらいたいと願うばかりであった。

昨日、公園を散歩していると、黒いラブラドールを連れ、ひらひらしたつばの帽子をかぶった、いかにもお金持ちマダム風の女性が、

「いやーっ」

と大声を上げた。いったい何事かと見ていたら、連れていた黒ラブがしゅんとしている。「なにやってんの、ルビー。きたない、どうしてそんなことをするのよっ」

周囲にいた人々が大声に驚いて、自分に注目するので、ルビーちゃんはますますしょげていった。彼女はあとからやってきた、同じようにラブラドールを連れた、そのマダムほど財力がなさそうな小マダムに、

「ちょっと、この子、見て。本当にばかなんだから」

と大声でいった。

「ミミズを食べたのよ。ああ気持ちが悪い。きたない、ああ、きたない」

と体を震わせている。すると声をかけられた小マダムも、

「まーっ、だめじゃないの。ルビーちゃんっ。お腹をこわしたらどうするの」

と眉をひそめて怒った。二人にやいのやいのといわれて、かわいそうにルビーちゃんは、悲しそうな表情で、うつむいてしまったのである。

二人のマダムの剣幕があまりにすごいので、私はそれを聞きながら、

「ミミズくらい食べたって、腹なんかこわしゃしないよ」

とつぶやいた。ミミズを原料にした健康食品すらあるくらいなのだから、かえって体にいいんじゃないのとつぶやきながら、たかがミミズ一匹で、がみがみ叱られたルビーちゃんが、かわいそうになった。

ちょっと嫌な気分になって公園をひとまわりしていると、飼い主のおじさんがリードを何度も引いているのに、座り込んで動かないビーグル犬がいた。彼は、

「困っちゃったなあ。やっぱりあれをやらないとだめか」

と小声でつぶやいた。するとしゃがみ込んでいるイヌの背後にまわり、突然、

「よーい、どんっ」

と叫んだ。すると今まで石のように動かなかったイヌが、「よーい、どんっ」のかけ声がかかったのと同時に、リードをなびかせて、ぴゅーっとものすごい勢いで走り出した。おじさんも急いで後を追って走っていった。どうして「よーい、どんっ」が、走り

出すきっかけをもたらすようになったのかはわからないが、叱らずに済む、上手なかわし技を持っている飼い主はいいなあと、おじさんのイヌ操縦法に拍手したくなった。

公園に集っている仲よしイヌ仲間は、無邪気で幸せそうに見える。人と人との仲介役になってくれるイヌだけれど、飼い主との関係では、当然、不満を口には出せないまま、心のなかに根深い問題を抱えている子もいるのかもしれないと、気になってしまったのだった。

ちゅう　むちゅうになる　げっ歯類！

散歩に行こうと外に出たら、目の前を年配の女性が、茶色い生き物にリードをつけて歩いていて、思わず立ち止まって、じーっと眺めてしまった。

「あれは、もしかしたらカピバラの子供じゃないの？」

カピバラをご存じない方のために説明すると、中南米の水辺に生息する、世界でいちばん大きなげっ歯類といわれ、茶色一色のモルモットの顔を、ものすごーくのんびりさせて、全体を拡大したような姿をしている。ここ何年かは冬場のニュースで、お風呂に入るカピバラ一家の映像が風物詩になっているくらいだ。

私はげっ歯類も好きなので、カピバラも大好きだが現物は見たことはない。前を歩く生き物の茶色い毛色、ラグビーボールみたいにずんぐりとした短足の体形、のんびりと歩いている姿から、一瞬、胸が躍ったのであるが、尻尾はあるし耳や足の形も違う。よーく見るとその子は、カピバラに激似のイヌだったのだ。

私の探るような視線が彼女の背中に何やら作用したのか、リードをつけて連れていた女性が、振り返って会釈をしてくれた。飼われている動物は、飼い主に似るというけれど、その小太りの女性は、顔が健康的に日焼けしていて、カピバラに似ていた。彼女に飼われたから、イヌがカピバラに似たのか、カピバラに似たイヌとずっといたせいで、彼女がカピバラ化したのかわからないが、とにかく人類、げっ歯類の枠を超えていたのであった。

「かわいいワンちゃんですねえ」

「十七歳のおじいちゃんなんですよ。だから歩くのも遅いでしょ。まあ、私も歳をとってるからちょうどいいんだけど」

ご夫婦とその雑種のワンちゃんとで暮らしていて、もともとは長毛なのだが、手入れが面倒なのでいつも短く刈っているのだという。

「若い頃は細かったんだけど、私と同じでだんだん太ってきちゃって」

彼女の家はうちから百メートルほど離れた場所にあり、別れ際に、

「じゃあ、またね」

とカピバラくんに挨拶をすると、カピバラそっくりの、もほ～んとした顔で私の顔を

見上げ、尻尾を振っていた。

それから一週間ほどして、再びカピバラくんに会った。私と会っても尻尾を振ることもなく、ただ黙々と歩を進めていた。連れていたのはおじさんだった。一週間前に会った女性のご主人だと思うが、驚いたことに彼もまた、カピバラそっくりだった。みんなころころしていて、どこかかわいらしい。私は町内で見かけた種を超えたカピバラ一家に、心がとても和んだ。そしてこのままみんなで長生きして欲しいと、心から願ったのである。

げっ歯類というと、動物好きであっても、女性は特に顔をしかめる。嫌いな理由としては、「カピバラ、モモンガ、リスなど、自分の生活とは関係がない場所にいるのはいいが、ネズミのように自分の環境を侵すような生き物はいやだ」という。私は実家にいたときに、うちで繁殖させて、延べ三十匹以上のハツカネズミや、ハム子ちゃんという名前のモルモットを飼っていたので、一緒にいるから楽しいのにと訴えると、

「そんなことをいうのは、あなただけよ」

などと呆れられる。ネズミのどこが嫌いなのかと聞くと、

「尻尾が小さなうろこみたいになっているのが気持ちが悪くて、ぞーっとする」

のだそうだ。

「あらー、でも手のひらにネズミをのせて、頭や体を撫でてやると、指に尻尾をからめたりして、とってもかわいいんだけどねえ」

私が首をかしげると、

「うわあ、信じられない」

と身震いする人までいる。そんなに嫌っている人に対しては、好きになってといいづらく、そのたびに私は、

(それでもきみたちが大好きだからね)

と今は天国に行ってしまったハツカネズミたちと、モルモットのハム子ちゃんに声をかけていた。

そのげっ歯類好きの私は、あるとき駅のポスターを見て、思わず足が止まった。構内の壁に、

「ちゅう　げっ歯類展　むちゅうになる！　おもしろいなかまたち」

の文字。そこには愛らしいハツカネズミ、モルモット、ヤマアラシ、カピバラの写真が載っていた。

「おおー、これはぜひ行かなくては」

場所は武蔵野市にある、井の頭自然文化園である。私は吉祥寺に住んでいるとき、ほ

ぼ毎日井の頭公園を散歩し、自然文化園には月に二回は必ず行っていた。ゾウのはな子さんの姿を見るたびに、心が和んだものだった。そのはな子さんも二〇一一年で六十四歳になるらしい。私は吉祥寺を離れて二十年近くになるので、自然文化園に行くのも久しぶりだ。

平日、ちょっとわくわくしながら、自然文化園に向かった。天気が悪いこともあって、園内には私一人。途中、若い男性二人とすれ違ったが、IDカードを首から下げていたので、関係者かもしれない。はな子さんは高齢のために休憩中であった。途中、園内で見つかったという、想像よりも大きなアオダイショウが展示されていた。ぐるぐると木に巻きついて、黒いビーズのような目を見開いている。ヘビ革の財布やバッグって、本当にこのまんまの革だよなあと思いながら、黒い目のアオダイショウに別れを告げ、資料館に急いだ。

資料館に入ったとたん、私は、

「わあ、げっ歯類の匂いがする」

とテンションが上がった。

昔、モルモットやハツカネズミを飼っていたときの排泄物の匂いが、蘇ってきたのである。プルーストの「失われた時を求めて」の、口にひろがるマドレーヌの香りで思い出が蘇るのとは雲泥《うんでい》の差ではあるが、私にとっては大切な生き物との思い出の匂いなのだ。

園内のふれあい広場で飼われているモルモットの写真が壁一面に貼られ、

「うちのハム子ちゃんと同じ柄の子がいた」

とテンションは上がるばかりである。展示室では部屋の両隅にハツカネズミが入った透明のボックスが置かれている。それらは透明のパイプでつながれていて、ネズミが中を移動する様子がわかるようになっている。ネズミは夜行性なので、みんな寝ているのではと思ったが、なかにはそうでない質《たち》の子もいるようで、たたたたっと元気にパイプの中を走り回っていた。

「おおおお、もんちゃん、だいちゃん、ちびちゃん、しろちゃんたちが……。うわああ」

透明ボックスを見てびっくり仰天した。なんとそこにはざっと見て、それぞれ四、五十匹以上のハツカネズミが団子状態で寝ていたからだった。もちろん顔も寝ている姿もすべてわかる。「もんちゃん……」はすべて飼っていたハツカネズミの名前である。

「かわいすぎるーっ」

うちでも同じように、ネズミを透明の飼育ケースで飼っていた。他のネズミに上からのしかかられて、ぺったんこになって寝ている子、食べる夢を見ているのか、口をもぐもぐさせている子、両手をもぞもぞと動かしている子、壁によりかかって立ち上がったような姿で寝ている子。どれもみんなうちで飼っていた子と同じ姿だ。三十年ぶりにハツカネズミのこのような姿を見られるなんて、感慨無量であった。

「元気がいいね。ごはんは食べたの？　あっちのお部屋にいくとあるのかな」

私は思わず、パイプの中を移動中のネズミに声をかけた。ネズミは走るのをやめ、私のほうを見ている。

「みんなは寝ているのに、あなたは昼間から元気ねえ」

もしもほかに人がいたら、ネズミに話しかけている変なおばさんがいると、警戒されただろうが、誰もいないので、私にとってはやりたい放題だった。ネズミは後ろ足で立ち上がってパイプに両手を置いた。ハツカネズミの手のひらには小さな吸盤があり、指先には小さな爪もついている。それを久しぶりに見られてとてもうれしかったが、ネズミのほうはしばらくこちらを見ていたものの、私には興味がわかなかったらしく、目指す反対側のボックスに向かって、再び元気よく走っていった。

別のコーナーでは、生後四日目の赤ちゃんネズミが、お母さんのお腹の下で寝ていた。どんな生き物の赤ちゃんでもかわいいが、ハツカネズミの赤ちゃんほど、この世でかわいいものはない。生まれた直後は毛が生えておらず、全体がピンク色だが、すぐに真っ白い絹のような毛が生えてくる。赤い目をしていて、まだお乳を飲んでいるので鼻はあまり出っ張っておらず、顔が丸くて耳もあまり大きくない。その体長二、三センチの赤ちゃんネズミが、好奇心いっぱいでものすごい勢いで走るのである。親と同じで手足や尻尾はピンク色で、その白とピンク色のミニミニぬいぐるみみたいな赤ちゃんたちを見ていると、あまりにかわいくて脱力してしまうくらいだ。

飼っていた頃は、二日に一度、オス、メスに分けて室内に放していた。そういう話をするとネズミ嫌いの人たちは、

「うわあ」

と顔をしかめるのだが、ネズミたちは小一時間、家の中を探検し終わると、ちゃんと自分たちの飼育ケースに戻ってくれるので、私たちは最後に数を数えればいいだけだった。

ネズミは文字通りネズミ算式に増えるので、夫婦ネズミから子供が生まれるたびに、そのつど、オスグループとメスグループに分けた。体の大きなオスがボスになるのは、だいたいわかるが、メスも体の大きなメスがボスになっていた。彼らは飼育ケースの一角をトイレに決め、そのいちばん離れた対角線側の角が寝るスペースになっていた。み

んなで固まって寝ているなかで、ふっと目を覚ます子がいる。目を覚ますといっても、起き抜けなので半眼で寝ぼけているようでもある。それなのに、あんな小さな生き物なのに、とことことトイレの場所にいって用を足し、また歩いて寝場所に戻る。きちんと仲間との居住のルールを守るのだ。それを見た私たちは、

「ネズミはなんと頭がいいのだろうか」

と感心していた。

たまに夜中に飼育ケースの蓋を押し上げ、他のネズミを踏み台にして脱走する子もいたが、朝になると家族の誰かの顔のところに、ぺったりくっついて眠っていた。私も目を覚ましたら、ネズミがほっぺたの横でまん丸くなって眠っていたことが何度もあった。頭も体も撫でたし、握手したこともあるし、指に抱きつかれたり、甘噛みされたこともある。ネズミたちの姿を見ながら、甘い思い出にひたっていた。

展示のなかで驚いたのは、ハタネズミの生態だった。ハタネズミはハツカネズミと同じくらいの大きさで、毛色は焦げ茶色だ。地下に巣穴を掘って暮らしていて、それが透明の大きな四角いケース内に作られている。アリの巣のネズミ版で、地下の通路のところどころに餌の貯蔵庫があり、寝場所らしきところもあって、そこではネズミが一生懸命に前足で顔をこすって、美顔に余念がない。

「ああ、なんとかわいらしい」

うっとりして見ていたら、突然、地上に開いたあっちこっちの巣穴から、ぴょーんと三匹のハタネズミが飛び出してきた。一匹が何かの理由で飛び出したのに驚いた他のネズミが、わけもわからず飛び出したらしい。最初に飛び出した子はぽかんとしていたが、他の二匹は、なんだなんだといっているかのように、きょろきょろしている。そして何事もないとわかると、またアリの巣のような住処にもぐっていった。

ネズミはいくら見ていても飽きない。ネズミを飼っていたころ、ちょうど両親が離婚して、母親は日々ネズミの姿を眺め、

「見ていると心が和んで、あのときはネズミさんたちに救われた」

とよくいっていた。それほどかわいくて頭がいいネズミなのに、いまひとつ世の中の賛同が得られないのが悲しい。前のクマと同じで、カピバラやリスは愛されているのに、ネズミは忌み嫌われ駆除されたりと、扱いが違うのが悔しい。どんなに世の中で嫌われても、「ずっときみたちが大好きだからね」ともう一度いい、私は満足して資料館を出たのであった。

「ぷい〜ん」ふたたび闘争記

私は世の中で蚊がいちばん嫌いと書いた。冬でも睡眠中に顔を何か所も刺され、

「夏だけではなく、冬もあんたたちは生き残っているのか」

と苦々しく思っていた。暖房のおかげでいい感じになって、奴らは冬も元気だ。夏だけならまだ我慢できるが、冬も奴らに不愉快な思いをさせられるなんてと、本当に腹立たしい。春先になって、蚊問題からやや解放された矢先、大震災と原発事故が起こり、東京にも放射性物質が降った。大問題であり今でも安心できる状態ではない。妊婦や幼い子供がいる家庭では、心から安心できる日々ではないだろうと、本当に気の毒になる。

そうは思いながら、生き物のなかで、私の大嫌いな蚊だけが、死滅してくれないかとちょっと期待した。ボウフラは水がたまっている場所に生息するので、そこでふだんの雨水とは違う物質が含まれた状態で、みな息絶えるのではないかと考えていたのだ。

事故後、まずカラスの鳴き声が聞こえ、しばらくたってスズメのさえずりが聞こえたときは、

「ああ、みんな生きててよかった」

とほっとした。自分たちよりも小さいものが、生きているのがわかるとほっとする。名前も知らない虫が、ごそごそと道路を這《は》っているのを見ると、

「きみも元気だったか、よかったなあ」

と声をかけたくなる。蝶が飛んでいるのを見ても感激した。しかし蚊だけは、生きていて欲しくなかったのだ。

五月の終わり頃、友だちとドアの外で立ち話をしていたら、目の隅にぼんやりと動く影がある。いやな予感がしてふと見ると、なんと、

「ぷい〜ん」

といつものあのお気楽な調子で、無礼な吸血鬼がやってきた。それも今まで見たことがないほど大きく、それが私の頬に留まろうとする。気が動転していたのは確かだが、体長一センチ以上は、ゆうにあったと思う。

「うわあ、蚊だ、蚊だああ」

私は手をぶんぶん振り回し、体をくねらせて、一瞬でも蚊が私の体に触れないように

した。ところが去年も経験したのだが、昔の蚊は手で払うと、

「どうもすみませんでした〜」

といっているかのように、おとなしく飛び去ったものだが、最近の蚊はすぐにキレる日本人の血を吸っているせいか、手で払うとものすごい勢いでこちらに向かってくる。とても攻撃的なのである。それを見た私は、

「なんだ、その挑戦的な態度は」

と余計に腹が立ってきた。

「かああー」

と叫びながら、シンバルを持った壊れたサルのおもちゃみたいに、手をばんばん叩きながら暴れていると、私が蚊が大嫌いなのを知っている友だちが、部屋から蚊よけスプレーを持ってきて噴霧してくれたので、そいつは、

「ぷい〜ん」

と腹が立つ羽音をたてながら去っていった。その姿も、しおらしさなどみじんもなく、

「ちっ」

と舌打ちをしているかのような、ふてぶてしさであった。

「あいつら、生きていたのか……。おまけにあんなにでっかい」

不愉快のかたまりになって立ち尽くしていると、友だちが、

「あっ」

と叫んで斜め上を指さした。目をやると、そこにはスズメバチではないのだが、やたらと大きいハチが飛んでいた。ご近所には庭のある家が多く、植木もたくさんあるし、ガーデニングをしているお宅も多いので、今までにもハチは何度も見たが、今回のはとにかく巨大だった。友だちはハチが嫌いなので、

「刺激したらだめだから」

と私の手をとってしゃがませ、おばちゃん二人は声もたてず、目の玉だけを上にしてハチが飛んでいくのを待っていた。

蚊もハチも飛び去った後、

「なんであんなにでかいのだ」

と私がつぶやくと、友だちは、

「放射能のせいじゃないの」

という。

「えっ、なんで」

「だって、ほら、ゴジラだってそうじゃないの」

彼女は真顔になった。私の記憶によると、たしかにゴジラは核実験のせいで目覚めたはずだ。衝撃で目覚めたのはわかるが、ゴジラがでっかいのと、放射能が関係があるのかはちょっとわからない。もともとでっかいのが眠っていたのか、放射能のせいで、突如巨大化したのかは、わからないのである。もしも影響があるのであれば、蚊やハチがゴジラほど大きくならなかったのは幸いなのかもしれないが、私としては昨年よりも攻撃的で大きな蚊に、とても嫌な予感がしたのである。

夏が近くなるにつれ、私の頭の中は蚊でいっぱいになった。でっかい蚊を見てから、毎年使っている、農薬が使われていない蚊よけ線香に加え、奴らが今までの線香に耐性ができていると困るので、不意打ちをくらわしてやろうと、別の線香も購入した。風を通すために玄関のドアを開けるときは必ず焚《た》く。ドアぎりぎりのところ、靴ぬぎ場の端っこ、リビングのドアの前と、三メートルの間に三つ蚊遣りを置いている。のろしのように、三か所から煙が上がって、うちのネコもとても迷惑そうな顔をしているが、蚊に刺されるのはネコも嫌なので、なんとか許容しているようだ。

いつもは蚊の対策をしていても必ず漏れがあり、ベッドに入ったとたんに、

「ぷぃ〜ん」

と想像するだに不愉快なあの羽音が聞こえてくる。そのとたんに頭に血が上り、

「絶対に潰したる」

と必死になるのだが、再び眠気が襲ってきて、もういいやと目をつぶる。耳元で羽音が聞こえると、手をばたばたして払いのけているものの、そのうち眠ってしまい、朝起きると手と顔面に食われた痕が赤く点々としている有様だった。

ところがこの蚊の対策が万全だったのか、例の大きな奴を見て以来、蚊は見ていない。ドアを開けていても、洗濯物を干すためにベランダを出入りしても、蚊の気配がない。蚊よけのスプレーを体にかけるのを忘れると、ベランダに出ているときに、必ず蚊に食われていたのにだ。うちのネコも食われている様子はない。

「やっぱり、いなくなったのか?」

ちょっとうれしくなったが、奴らは一年中、活動しているので、気が許せないのだ。テレビを見ていたら、蚊の研究をしている方々がいた。そういう人たちがいるからこそ、蚊を退治できるわけだし、蚊の生態もわかる。ありがたいことである。ところが彼らが、

「慣れているから、なんでもありません」

と、蚊が飛んでいる箱の中に自分の腕を突っ込んで、血を吸わせているのを見たとたん、「尊敬」という言葉と「物好き」という言葉が頭の中でぐるぐると回った。信じら

れない。まさに身を挺して研究が行われているのはわかったが、画面を見ているだけでぐったりしてきた。慣れるとなんでもないという話だったが、私はこの歳になるまで、五十七年間、慣れていない。子供の時から今までずーっと、刺されるとかゆいし、とっても不愉快だ。一生、蚊に刺されても平気という境地には至らないと思う。

そんな私にとっては、いまだに蚊が少ないのはありがたいが、あの大きな奴を思い出し、

「どうしてあいつは平気で飛んでいたのだろうか」

と気になって仕方がない。蚊も外にいたら何かしらの影響を受けたはずなのだ。となると放射線量が高いときには、ちゃっかり民家の室内に避難し、落ち着いたときにぷーんと出てきたのか。まさか今、こっそりとどこかで巨大化している最中ではあるまいななどと、不安とともに原発事故後の蚊の生息について考えた。

気になっていたセミの声も、七月の下旬になって例年通りに聞こえてきて、

「元気に育ってくれていたんだ」

と感慨深かった。地上に出たら短い命とはいえ、このような環境で鳴いてくれるのは本当にありがたい。やや控えめではあるが、いつもの夏がやってきたと喜んだ反面、やっぱり少し変なのではと、首をかしげる出来事も起こった。虫に詳しい人だったら、な

んでもない光景なのかもしれないけれど、路地を歩いていたら、真っ白い小さな羽虫がものすごくたくさん、集団で空中に溜まっていた。草木が多い場所で、ヤブ蚊が集団で固まっているのはよく見たが、それが真っ白い羽を持った小さな虫になっているのだ。その虫は今まで見たことがない。彼らはこちらを刺すわけでもなく、ただ溜まっているだけなので、被害はなかったけれど、

「いったい、あれはなに？」

と何度も振り返りたくなるくらい、不気味だった。

その次は大きな蚊ではなく、ものすごーく小さな羽虫の大量発生である。

「小バエがとても多い」

という話は数人の知り合いから聞いていて、銀バエみたいに大きいものではなく、とにかく小さいのが室内を飛び回っているのだといっていた。うちはそういう現象はなかったので、ふーんと聞いていたのだが、ここ二、三か月の間に、謎のものすごく小さな羽虫が室内を飛び回っていて閉口するようになった。彼らは蚊ではないので、蚊よけ線香をものともせず、飛び回っている。体長は小バエよりも小さく三ミリくらいで、人の血を吸うわけでもなく、いったい何の目的でやってきたのかわからない。ただ食事を作ると、必ず皿の縁に留まっていて、食べ物ににじり寄ろうとする。そこを指でぎゅっと

押さえると、そのままころりとあの世に逝ってしまう。羽虫なのにとても反応が鈍く、小うるさいわりには無抵抗なのである。なので蚊よりは扱いが楽なのだが、とにかく小さいのが次から次へと飛んでくるので、それが鬱陶しい。

ふつうに呼吸をしていると、たまたま鼻の穴のそばを飛んでいた奴が、私の鼻息に吸い込まれて穴に飛び込んでくる。異物感にびっくりしてあわてて、

「ふんっ」

と鼻息荒く噴き出すと、小さな黒い羽虫の死骸が出てくる。向こうからすれば、ごきげんで飛んでいたところ、突然、穴に吸い込まれて絶命という、災難に見舞われたわけだが、蚊もハエも鼻の穴には入ってこないので、困惑する。恐ろしいことにこれまでに五回も、私の鼻の穴で羽虫が絶命している。息をするたびに鼻の穴に羽虫が入るなんて、想像しただけでうんざりする。彼らは台所と私の体周辺をやたらと飛び回る。あんな小さな体だったら、網戸の隙間から自由に出入りできるだろう。蚊、ハチのように巨大化した奴が飛んでくるのではと身構えていたのに、その逆にやたらちっこいのが飛んでくるようになり、これも事故の影響なのかとつい考えたくなってしまった。

とにかく蚊を撲滅できないかと考えていると、向こうでもそれを察知したのか、巨大な蚊に襲われる夢を見た。ベッドに寝ていた私は、体をぐいぐい押されて目が覚めた。

するとー目の前に体長五十センチほどの蚊が、あの憎たらしい吸血針を、私の首めがけて伸ばしてきて、まさに血を吸おうとしている。体がでかいので、羽音も「ぶい〜ん」とまるでモーターが回転しているかのようなのだ。

「何をするんだあ」

叫びながら、必死の抵抗をしたのだが、まるでイヌと格闘していると錯覚するほど、筋肉質で力が強い。針を刺される前に目が覚めたが、どっと疲れた。

これからも蚊の季節が続くけれど、今まで出てこなかった分、小物は淘汰されて、巨大で攻撃的な奴ばかりが飛んでくるのではないかと、気が気じゃない。くれぐれも悪夢が現実にならないようにと願うばかりである。

満身創痍のしまちゃん

外ネコのしまちゃんが、やたらと部屋の中に入りたがると隣室の友だちに話すと、

「部屋の中の様子をうかがっていたり、ちゃっかり玄関に座っていたりすることはあるけれど、ベッドルームの中までは入ろうとしなかったわ」

という。うちの場合は繁殖のお役には立てないけれども、いちおうメスネコの匂いはするので、去勢もしていないしまちゃんからみれば、

「うひょひょ」

といった状況なのかもしれない。友だちの家では四年前までオスネコを飼っていた。二十歳を目前に亡くなったので、私たちは気づかないけれども、二十年間のオスネコの匂いがまだ残っていて、さすがのしまちゃんも、テリトリーを侵すのをためらっているのかしらと話し合ったりした。

実はしまちゃんは、うちと隣に通うようになって間もない夜、血だらけでやってきたことがあった。頭の毛は抜け、頭から体にかけて、ざくざくにひっかかれた爪痕がある。毛のそこここに血がこびりついて束になり、それはすさまじい状態だった。体はやせ、尻尾などはまるでお尻からごぼうが生えているかのようだった。股間の玉もどこにあるのかわからないくらい、ちっこくなってしまった。最初に見たときは、まさかしまちゃんだとは思わず、似ているけどどこか薄汚れたやせ細った外ネコが来たのかと思ったくらいだった。いつものようなのんきな風ではなく、何度も後ろを振り返って、ものすごく怯えていた。私はびっくりして御飯を差し出しながら、

「どうして喧嘩なんかするの。かなわないと思ったらすぐ逃げなくちゃだめでしょう。傷が治らなかったらどうするの」

と叱った。しまちゃんのちっこい目は、目の上の深いひっかき傷のせいでますますちっこくなり、ただただ疲労困憊している様子だった。いつもは口うるさいうちのしいも、しまちゃんの姿を見て、びっくりしたらしく、目を丸くしていた。

「かわいそうにねえ。しいちゃんもこれから、しまちゃんが来ても、怒ったらいけないよ。あんなひどい怪我をしてるんだからね」

さすがに気の強いうちのネコも、現状を把握したらしく、その夜はひとことも文句を

いわなかった。

うちで御飯を食べると、しまちゃんはよろめきながら、隣に歩いていった。するとしばらくして、

「どうしたの、いったい。喧嘩したんでしょ。どうして逃げてこないの。そんなひどいことになって……」

という友だちの声が聞こえた。きっとしまちゃんは、

（さっきも同じこと、いわれたっす）

と思いながら、卵と牛乳をもらって、しばしほっと息をついたことだろう。

敵が入って来ないうちと隣は、しまちゃんの安息の場というか、保養所のようになっていた。卵と牛乳をもらったしまちゃんは、ベランダの隅で横になって眠ろうとするので、それは辛いだろうしかわいそうだと、友だちが急いで段ボールの中にタオルをいれて、簡易しまちゃんベッドを作ってあげると、しまちゃんはよろめきながら、すぐにその中に入って、丸くなって寝た。喧嘩に負けた満身創痍のオスネコは、外ネコがうろついている地べたを歩くのは、相当に恐いだろう。私と友だちは、

「まったく、あの子は……」

と強いオスに身の程知らずで対決して、見事に自爆したしまちゃんに呆れつつ、とに

かく元気になってくれればと、毎日、精がつきそうな御飯をあげ続けた。

傷だらけのしまちゃんは、午前中まで簡易ベッドで寝て、昼にうちと隣で御飯を食べて、出かけていく。そして日が落ちると戻ってくるという生活を、二十日ほど続けた後、数日間、姿を見せなかった。どうしたのかしらと心配していたら、しまちゃんがやってきた。

（うっす）

そこには見事に復活した、しまちゃんの姿があった。やせ細っていた体は元の俵になり、尻尾もぶっとくなっている。頭にも毛が生え、ちっこい目はちっこい目なりの大きさになり、あの怯えていた姿ではなく、

（治ったっす）

と宣言しているかのように、どことなく威張っている。

「よかったねえ。あのときはどうなるかと思った。ちゃんと毛も生えたね。ひっかき傷だらけで、頭に畝《うね》ができてたのに」

ほっとした私の顔を見上げながら、しまちゃんは、

（そんなことより、なんかくれっす）

とちっこい目でじーっと念波を送ってくる。

友だちも復活したしまちゃんを見て安心し、簡易しまちゃんベッドはそのままにしていた。しかし元気になったしまちゃんは、ベッドよりもベランダで寝ているほうが多くなったので、しばらくして取り払われた。傷だらけのときは大目に見てやったけど、元気になってもまだやってくるしまちゃんに、うちのネコはまたぎゃいぎゃい怒りはじめたが、それを物ともせずに、やってきていた。

しかししまちゃんもそれから年をとった。外ネコの三年間は、室内で飼われているネコの三年間とは全く違うような気がする。

「ネコだって体が辛くなってきたら、家の中に入りたいと思うかもしれないよね」

友だちは、しまちゃんが安心して寝られるような場所を再び作ってやろうと考えていた。あるとき彼女はお葬式に参列して、香典返しとして通販カタログをもらった。自分の好きな品物を注文できるシステムになっていて、それを見ていた彼女は、そのなかにキャットハウスがあるのを見つけた。簡易しまちゃんベッドは、ただの段ボール箱で、雨が降りそうなときにはビニール袋で覆っていたが、やはり外見や耐久性は今ひとつである。その四角いキャットハウスを見た彼女は、そうだ、これを利用すればよいとひらめき、注文した。

常々、力仕事は苦手といっていたのに、彼女はしまちゃんのために、キャットハウスが中に収まる大きさの段ボール箱を調達してきた。ハウスの上部に二十センチほどのゆとりをもたせたのは、ロフト気分も味わってもらいたいからだった。外側には災害の避難時に暑さや寒さをしのげる銀色のシートをきれいに貼り付け、コマーシャルでいっていたような外貼り断熱方式にした。その結果、彼女のしまちゃんに対する愛情によって造り上げられた、銀色に輝く立派なしまちゃんハウスが出来上がった。

「よく一人で造ったわねえ」

私はその出来に感心した。キャットハウス自体は、ネコの居心地がいいように、内部が整えられているが、ロフト部分にもちゃんとタオルが敷いてあって、寝心地がいいようにしてある。

「しまちゃん、幸せね。こんな豪勢なおうちを造ってもらって」

「寝てくれるといいんだけど」

「寝ないなんてバチが当たるわよ」

「でもあのヒトたちは、何を考えているかわからないからねえ」

「それはそうだわねえ」

彼女の労力を無駄にしないように、しまちゃんが寝てくれればと、それだけを願っていた。

私は昼型で、夜の十一時頃には寝てしまうが、友だちは夜型なので、寝るのは深夜だ。私が朝起きてカーテンを開けると、しばらくしてしまちゃんが、隣とのベランダの境の壁の下をくぐってやってくる。大あくびをしたり、んーっと伸びをしているところを見ると、隣で寝ていたのは間違いない。

「立派なおうちができて、よかったねえ」

声をかけると、しまちゃんはちっこい目でじーっと私の顔を見て、

（なんか、くれや）

と訴えた。がっつがっつとネコ缶二個を平らげたあとは、こちらも元の大きさに戻った股間の玉を揺らして、出かけていった。

友だちは、

「ハウスでは寝ていないみたい。寝ている姿を見たことがないもの」

と悲しそうだったが、朝起きたときに、隣からやってくるよと話し、

「絶対、寝てるから」

と励ました。翌日、彼女は試しにハウスの中の匂いを嗅いでみて、

「とんでもなく臭かったから、寝ていると思うわ」

と、とても喜んでいた。世の中で臭い匂いを発して喜ばれたのは、しまちゃんくらい

であろう。

他にも立ち寄るお宅があるしまちゃんであるが、それでも一週間に三日はうちと隣に必ず顔を出し、豪華ハウスで寝ていた。朝、ベランダに洗濯物を干そうとすると、隣からしまちゃんがやってきて、

（うっす）

という顔をする。

「あーら、おはよう」

近づくと一メートルまではじっとしているけれど、それ以上に近づこうとすると、ととっと逃げるか、うつむいてしゃあーと消極的威嚇をするのは変わらない。

「ま、しょうがないね」

物干しのところにいくと、直径十センチほどの塊があった。いったい何だろうかと見てみると、またしまちゃんが吐いたらしい。

「これ、やっちゃったの」

塊を指さすと、しまちゃんはそのままうずくまった。

「困ったわねえ。気持ちが悪くなったのはしょうがないけどさ」

掃除をしなくても、雨が降ったらそのままベランダの排水口に流れていく位置にあっ

たので、ほったらかしにしておいた。

ところが予報に反して雨は降らず、三日間、太陽に照らされて、塊はかっさかさになって残ってしまった。四日後、洗濯物を干しつつ、せっかく乾いたのに、掃除をするためにまた水を含ませるのは、ちょっとなあと、いったいどうしたもんかと眺めていたら、しまちゃんがやってきた。

「どうしようかねえ、これ。しまちゃんがやっちゃったやつ」

するとしまちゃんは、自分が吐いたその塊の前に座り、前足でかりかりと塊を削りはじめたではないか。私はびっくりして、

「お掃除してくれるの、ありがと。でも、あとはおばちゃんがやっておくからいいよ」

というと、しまちゃんは隣に行ってしまった。

（また吐いちゃって、まずかったっす）

と反省したのだろうか。少しはこちらに歩み寄ってくれたのだろうか。少なくとも私のいった言葉はわかってくれたらしい。

やっとコミュニケーションがとれるようになったかと、期待したのであるが、外で出会って、

「あら、しまちゃん、どこに行くの」

と声をかけると、

（あんたなんか、知らないっす）

というような顔で小走りに逃げる。悔しいので、

「ちょっと、待ちなさい。なんで逃げるのよ。こら、知らんぷりするな」

と買い物袋をぶら下げたまま、必死に追いかける。それでもしまちゃんは、ちらりちらりと振り返りながら、

（知らないっす。追いかけて来ないで欲しいっす）

と道端のお宅に逃げ込んで、姿を隠して出てこない。

「何だ、他人の家にやってきて、二度も吐いたくせに。ふざけるな」

腹が立って仕方がない。外でしまちゃんに会った顚末を友だちに話すと、

「そうなのよ。声をかけると早足で逃げていくのよね。何を考えているのか本当にわからないわ」

と首をかしげていた。

外ではそんな冷たい態度を取るくせに、しまちゃんはすまして、

（なんかくれやー）

とやってくる。

「どうしてあんたは外で会うと逃げるのさ」

と聞くと、毎度おなじみのちっこい目で、私の顔をじーっと見る。そして、

（何のことをいわれてるのか、さっぱりわからないっす）

と見事にしらばっくれるのであった。

外ネコの腹芸

昔は近所に必ず、ネコおばさん、ネコおじさんがいて、所属が決まっていないネコたちの世話をしていたものだった。私が今住んでいるマンションに引っ越した十八年前も、すぐ近所にネコの世話をしている老夫婦がいた。そのお宅の前を通りかかると必ず何匹かのネコがいて、ガレージや玄関先で前足をたたんでうずくまる、ネコ箱状態で待機していた。食事のときは大騒動で、奥さんが大きな皿二枚に、ネコ缶、ドライフードをてんこ盛りにしてガレージに置くと、至近距離の待機組はもちろん、いったいどこにいたのかと驚くほど、ネコたちがそこここから集まってきた。多いときは二十匹くらい、少ないときでも、七、八匹はいた。そのなかでいちばんがっついているのが、赤い首輪をした白黒ぶちの子だった。他の子たちはひと目で、白い子はもちろん、トラ柄でも、三毛でも、

「あなたは外のヒトですね」

とわかる、ブラッシングをしてもらった形跡もなく、ちょっと薄汚れているタイプばかりなのだが、その子だけは妙に小綺麗なのである。

「この子は飼われているんですよね。家でご飯がもらえないわけじゃないだろうに、どうしてこんなに頭をつっこんで食べてるんでしょうねえ」

「そうなのよ。他の子にくらべてきれいだし、首輪をつけてもらってるものね。変だわねえ。私もね、あなたは家で食べられるんだから、ここで食べなくてもいいでしょっていったんだけど、毎日、来るの」

ネコのご飯の時間は一日に三回、朝、昼、夜とあるのだが、その子が来るのは一日一回だけだ。

「きっと散歩の途中に寄るんだと思うの」

「ああ、外食が楽しみなんですね」

私がそういうと奥さんは、

「そうだ、外食を楽しみに来てるんだわ」

と笑った。どういうお宅で飼われているかわからないが、きっとその白黒ぶちにとっては、他のネコたちと一緒に外で食べるご飯は、刺激的で楽しい時間だったのだろう。

私も近所に買い物に出るときは、なるべくネコのご飯時間に合わせ、奥さんと一緒にネコがご飯を食べるのを眺めていた。通りがかったネコ好きの老若男女問わず、

「わあ、こんなにいっぱいいる。ご飯をもらってよかったねえ」

と見知らぬ同士、一緒にネコの姿を眺めていた。興味のない人からすれば、

「なんでネコが物を食っているのを見て、面白いんだ」

といいたくなるだろうが、好きな者にとっては、そういう姿さえも、じーっと見ていて飽きないのだ。

彼らは目の前のご飯に意識を集中しているから、当然、こちらに愛想を振りまくわけでもない。一心不乱に食べ続けるだけである。しかしそのずんぐりとした後ろ姿や、ちょっと汚れた手足を眺めているだけで、心が和む。そして食べ終わった子たちが、うれしそうに前足をちょこっと曲げて、顔はもちろん耳の後ろまで、何度もこすっているのを見ると、

「ひゃあー、かわいいー」

とほのぼのとした気持ちになるのだった。

しかしだんだんやってくるネコが減り、奥さんが心配して、来ない子を探しに行ったこともあった。その頃から、外ネコを保護する人たちが増え、里親を探してくれるよう

になった。そのほうがネコのためには幸せなのかもしれないけれど、見ず知らずのネコ好きな人たちと、あれこれ立ち話をする楽しみはなくなった。そして今では、うちの近所でも、外ネコは数えるほどになってしまったのだ。

その外ネコたちは、みなご飯をもらえる場所を確保しているようだ。話しかけてもびっくりして逃げ出すような子はほとんどいない。

「こんにちは」

と声をかけると、じっと立ち止まってこちらの顔を見ている。なかには歩いていたのに、声をかけたらその場にきちんとお座りをして、ちょっと小首をかしげたかわいいポーズをしてくれる子もいる。人見知りが激しく、私の友だちにさえ抱っこされない、うちのネコに比べると、はるかに愛想がいいのである。

散歩のルートになっている、隣町の路地も外ネコ通りになっていて、夕方に通りかかると、何匹ものネコが等間隔に並んでご飯を待っていた。しかし「ネコに餌をやるな」という貼り紙がされ、ずっとそこの路地ではネコの姿が見られなくなった。それがつい最近、その路地を歩いていると、少し離れた場所から、ネコがたたたーっと走って路地を渡り、道の端に座って舌をぺろぺろし、満足そうに前足で顔を撫でている。どうしたのかと思って見ていたら、遠くから別のネコが路地を横断し、さっきのネコが出てきた

所に姿を消した。いったい何があるのだろうかと、そーっと近づいて見てみたら、そこのお宅の玄関のドアの前に、こっそりネコのご飯置き場が作ってあったのだった。

ドアの開閉スペースは路地から引っ込んだ造りになっていて、大きな鉢植えが置いてある。そしてその後ろ側に、ネコのご飯が置いてあった。ステンレスの大きな平たい器に、ドライフードとネコ缶が分けて置いてある。それをネコが食べているのだが、狭いスペースなので、どうやっても二匹が限界で、そのため一匹が食べ終わってから、次の一匹が入らなければならない、順繰りにお願いします状態になっている。ドアが開くスペースにそのようなネコの救援施設を作ったので、ドアは完全に半開きにしかできない状態になり、人の出入りも大変だろうと思うのに、それでもご飯をもらう機会を奪われたネコのために、そのような場所を作ってくれた、そのお宅の人々の優しさに、ちょっと感激した。

今は外ネコでも、移動できる体力さえあれば、飢えることはまずない。うちのネコよりも丸々としている子はたくさんいる。毎日、抱っこはしてもらえないけれども、束縛されないし、ご飯はもらえるしで、スキンシップを求めない限り、快適な生活を送っている。しかしなかには、そうではないタイプのネコもいるのだ。

二年ほど前、近所のお宅の前を通ったら、四十代後半と思われる男性が、美しい毛並

みのロシアンブルーをおんぶして出てきた。ネコは彼の背中で、

「にゃお、ふにゃん、にゃおん」

と何かいっていて、そのたびに彼が、

「はいよ、うん、うん、はいはい」

と相づちを打っている。そして路地の反対側の切り株の上にネコを置いてやると、ネコはうーんと伸びをして、ばりばりと木の年輪を引っ掻いていた。そしてまたネコは、ふにゃふにゃと彼に話しかけ、彼もまた、

「はい、はい、うん、そうだね」

と会話をしていたのである。

このお宅はネコが好きとわかると、ちょっとポイントが高くなる。なのでまたああいう姿が見られないかなと、不審者と思われないように留意しつつ、前を通るたびに様子をうかがっていると、ある日、彼が玄関横のガレージの中で、片付けをしていた。今日はネコと一緒じゃないんだなと、チェックを済ませて立ち去ろうとすると、頭の上から、

「パパー、来てるよーっ」

と奥さんの声がした。その声を聞きながら歩いていると、次の瞬間、

「にゃああーっ」

とネコの大きな声が聞こえたので、びっくりして上を見た。すると二階のベランダから、女性が上半身を乗り出していて、柵の隙間から灰色と茶色が入り交じった柄の、あきらかに外のヒトと思われるネコが、同じように身を乗り出して彼に声をかけていた。まるで、

「来たよーっ」

といっているかのように、目はしっかりと男性を見つめている。

「おおっ、今いくぞ」

彼はすぐに部屋の中に入っていった。私はその灰茶ネコのちゃっかりぶりに、笑いがこみ上げてきた。

外ネコがネコ好きの家に入り込もうとすることはある。しかしそのお宅は玄関のドアを開け放っていない限り、表側から侵入できる場所はなく、入るとしたら人が通る道などない、敷地の裏側から入るしかない。きっと灰茶ネコはロシアンブルーがいるのを知って、このうちはネコ好きなのでOKと判断し、ネコ好き人間の急所を押す何らかのテクニックを駆使して、まんまと室内まで入り込んだのだろう。それもどんなに人なつっこい外ネコでも、二階建ての家の二階まで上がり込むのは、相当に図々しいというか、警戒心が皆無じゃないとやらない。おまけにそのお宅には飼われているネコまでいるの

である。きっとあのご夫婦が優しく、そこにぐいぐい突っ込んでいったのだなと、あの堂々とした態度を思い出して、家に帰ってからも、ついつい笑ってしまった。

そしてつい先日、そのお宅がある路地を歩いているとき、何気なく二階に目をやったら、何かがベランダの柵の上で動いている。

「あれは何?」

とじっと見ながら近づいていくと、そこにいたのは後ろ向きになったネコで、柄から見て、この間、ちゃっかりと二階に上がり込んでいた、あの灰茶ネコに間違いなかった。

「あんなところにいて、落ちないのかしら。それにしてもよりによって、なぜ?」

すると灰茶ネコは柵の上でくるりと方向を変え、私がいる路地のほうに顔を向けた。私がいる下方に目をやることもなく、陽を体全体に受けて、いい感じになっている。

「あら?」

柵の上でなごんでいるその灰茶ネコは、柄にマッチした鮮やかな黄色の首輪をつけてもらい、外ネコ特有のぼそぼそ感もなく、この間見たときよりも小綺麗になっているではないか。明らかにその子は飼いネコになっていたのである。私がじっと見上げていると、ネコは後ろ足で、かーっと首筋を掻き、大きなあくびをしてそこで目を閉じ、睡眠状態に入ったようだった。

「あらー、あの子がねえ。あらー」

私は何度もつぶやいた。あのちゃっかりぶりには驚いたけれど、とうとう家に入り込んで飼いネコになってしまうとは。奴にしてみたら、してやったりなのだろう。

灰茶ネコは、外で暮らしながらこういう生活はちょっとなあ、と考えていたに違いない。ご飯の心配はないにしても、風雨が強いときついし、昨今の温暖化で夏場も相当つらい。飼い主に抱っこされている家ネコは、こっちを見て、

「ふふっ」

と小馬鹿にしているようにもみえるし、うらやましい。そして灰茶ネコは、心優しくネコ好きな夫婦の家に近づき、精一杯愛想をふりまいて、かわいいといってもらえるように努め、先住ネコのロシアンブルーに対しても、

「決してあなたさまのお立場を奪おうとしているわけではありませんから。あっしはこの部屋の隅に居させていただければ結構です」

という態度に終始して、反感を買わないようにしたのだろう。

そしてその結果、見事、飼いネコに。飼いネコという立場が、ネコのヒエラルキーにおいて、トップなのかはわからない。自由という点では外ネコであっても、ご飯の心配がなく、雨露をしのぎたいとき、体調の悪いときには家の中にいれてもらえるというの

が、いちばんいいのではないか。少なくとも私がネコだったら、こういうネコ生を選ぶ。しかし人間と同じように、ネコの性格も千差万別だ。生まれたら外ネコだった立場で、それを受け入れるネコならばともかく、こんな生活は嫌だと思ったネコは、それなりに努力をしてネコ自身の夢を現実にしなくてはならない。灰茶ネコは、相当、頭がよくて策略をめぐらしたのは間違いない。またそうでなければ、外ネコでいるのは難しいだろう。念願の場を手に入れた灰茶ネコが、できるだけ長生きして、家族の一員にしてくれたご夫婦ともども、幸せに暮らせるようにと、このちゃっかり野郎の姿を思い出してまた、笑ってしまったのである。

遠吠え注意

ここ数年で、私の友人たちが飼っているネコたちが、次々にあの世に旅立っていった。どの子も十八歳、十九歳といった年齢で、人間に換算すると百歳近い大往生だった。若い頃はぱんぱんに太った俵みたいな体格の子でも、だんだんとしぼんで小さくなり、しまいには食事をとらなくなって痩せ、羽根のように軽くなって亡くなっていったのだ。

亡くなったなかに、大食漢のアメリカン・ショートヘアのオスネコがいた。その子の家には、他に二匹のネコがいるのだが、彼は御飯を食べるのがいちばん早く、他のネコたちが御飯を食べている状況を必ずチェックしていた。そして誰かが食べ残しそうだとわかると、じーっと器の前に移動して待っていて、ネコが立ち去ったとたん、器に顔をつっこんで残りを全部食べてしまう。そしてもう一匹の様子もチェックして、御飯が残っているとわかると、同じようにすべて平らげる。飼い主としては三匹、均等に御飯をあげているのに、二匹が残した分を全部食べてしまうので、一匹が極端に太っていたのだ。よくお母さんが家族に、太ったと指摘されると、

「食べ物を捨てるのがもったいないので、みんなの残した分を食べていたらこうなった」

と正しそうな理由を述べて反論したりするが、それと同じような現象がネコにも起こっているのであった。

そんなに食欲があって元気なネコでも、間違いなく歳は取る。認知症の御老人の中には、いつ御飯を食べたかわからなくなったり、過剰な食欲が出たりする人がいるらしいが、その大食漢のネコも老ネコになって、より食べ物に執着し、何でも口に入れたがる時期があった。とにかく食べられそうなものであれば、生ものでもお菓子でも、

「ちょうだい、ちょうだい」

と大騒ぎをする。少しならとあげてみると、ぱくっと勢いよく食いつくものの、感情と体は相反しているようで、しばらくするとげーっと吐く。そのへんの体のシステムが、明らかにずれているのである。

それを過ぎると食が細くなって痩せてきて、何度も動物病院に通って、点滴を打ってもらっていた。人生のほとんどを大食漢として過ごしてきたネコでも、最後は何日も食

事をとれなくなって亡くなった。しかしずっと自分のベッドで静かに寝ていたのに、亡くなっていたのはキッチンの床だった。飼い主は、

「大食らいのあの子には、ぴったりの死に場所で、とっても悲しかったけど、ちょっと笑ってしまった」

といっていた。自分のベッドで最期を迎えるのではなく、最後の力を振り絞って、食べ物がたくさん置いてあるキッチンまで歩いていった、その執念がすごい。それを聞いた私は、

「本当に食べることが好きだったのねえ」

と深く感心したのである。

飼い主というものは、自分の家にいる子たちが、どのように年老いていくのかが、とても気になる。私の周囲といってもネコの例しかないのだが、

「ちょっとあぶなくなってきた」

というサインは、食欲のバランスの崩れと遠吠えだった。隣で飼われていたビーちゃんも、十七歳ころから遠吠えをするようになった。それまでしなかったのに、突然、

「うえええーっ」

とものすごく大きな声で鳴くのだ。

ネコが鳴いたときには、飼い主が、

「どうしたの」

とたずねると、こちらの顔を見てなにかしらの態度を取る。ネコは気ままなので、そのときによって態度は違うけれど、無視をするにしても「無視をしている」というのがこちらにはわかる。しかし高齢ネコの遠吠えには、明らかに飼い主とコミュニケーションをとろうとしている様子はなく、ただ体の中からわき起こる不思議な感情を発散しているようだ。とにかく飼い主に訴えているのではなく、ただ空に向かって吠え続ける。そしてその遠吠えをはじめた二、三年後に、みな旅立っていった。私たちの間では「遠吠え注意」が合い言葉になっていて、そのうえ食が細くなったと聞くと、

「そろそろ、かもしれないわねえ」

とうなずき合っていたのである。

私の友人の実家に、十八歳のルルちゃんという濃い茶色の毛並みのネコがいる。彼女の家ではこれまでルルちゃん以外に二匹のネコを世話してきた。みんな外から迷い込んできたり拾ってきた子で雑種である。生まれが外だとやはり家の中よりも外のほうが恋しいのか、前に飼っていた子たちは、高齢になってそろそろあぶないなと見ていると、老体なのにもかかわらず、二匹は家を出ていった。最期の姿を飼い主には見せなかった

のである。なので実家の喜寿を迎えたご両親も、ネコを飼った経験はあるものの、看取ったことがないのだ。

三匹目のルルちゃんは、昔は太っていたが、今では当時の姿が想像できないくらいにやせ細ってしまった。体にはどこにも丸みがなく、骨と皮だけになった。友人の話によると、すでに遠吠えする元気もないようだという。ルルちゃんが横になって寝ているとき、お父さんがその上に白いハンカチをそっとのせてみたら、まるでガンジーそっくりだったので、あだ名が「ガンジー」になった。飼い主に対して甘えたり愛想をしたりと、それなりにコミュニケーションをとっていたのに、このごろは飼い主のいうことも聞かず、我が道をいっている。寝たいところで寝て、食べたいときに食べたいものだけを食べる。ガンジーの不服従主義を貫いているのであった。

そのルルちゃんは、食事をろくにとらなくなって、お別れが近い気配をみせているのに、まったく家を出ていく気配がない。

「いつ出て行くのかしら」

お母さんがお父さんにたずねた。

「このままずっと家にいるんじゃないか」

「ミミちゃんやシロちゃんは、こんなふうになる前に、家を出ていったものねえ。そうなると私たちがルルちゃんを看取らなくちゃならないのね」

お母さんは顔を曇らせた。子供たちはみな独立して、家には夫婦二人だけである。そのなかでルルちゃんは、子供代わりとなって十八年も一緒に暮らしてきたのである。

「まるで子供を看取るようなものでしょう。そんなこと悲しくてたまらないわ」

ルルちゃんが旅立ったわけでもないのに、お母さんは涙を拭いた。お父さんもルルちゃんの最期を想像しているのか、神妙な顔をしている。看取るのは、飼い主の責任だからと、お父さんの言葉にお母さんもうなずき、二人はルルちゃんを看取る覚悟を決めたのであるが、いったいどうしたらよいか、どんな準備が必要なのか、皆目、見当がつかなかった。

ある日、お母さんが掃除をしていると、トイレのドアの前に、汚いボロマットが落ちていた。

「やだわ、お父さん、洗濯機に入れようとして、ここに落としていったのね」

何年も前、ソファの上に置く小座布団サイズの偽毛皮のマットをお父さんがもらってきた。いい加減に捨てようと思っているのに捨てきれず、汚れたら洗うを繰り返していたものだった。お母さんがその偽毛皮のボロマットを拾おうと、近寄って手を伸ばしたとたん、びっくり仰天した。それはトイレの戸の前で行き倒れていた「ガンジー」だったのである。場所が場所だけに薄暗く、お母さんも最近は目が悪くなってきたので、てっきり使い古した偽毛皮のマットと間違えてしまったのだ。

「うわあ」

お母さんの声にも、ルルちゃんはまったく目を覚まさない。ここで息絶えているのではと目をこらしていると、呼吸はしている。いちおうほっとしたものの、このまま死んでしまうのではと、胸をどきどきさせて様子を見ていた。するとルルちゃんはむっくりと体を起こし、目をしょぼしょぼさせながら、

「かああ～」

と大あくびをした。そしてしばらく歯のない口をもぐもぐさせていたが、どっこいしょと立ち上がって、日当たりのいい座敷によろめきながら移動していった。お母さんはルルちゃんの後ろ姿を眺めながら、こりゃあ、大変だとあらためて、ルルちゃんの今後について考えたのであった。

「歯はないけれど、ドライフードは丸呑みするし、缶詰の御飯も食べられるから、こちらは介助する必要はないのよね」

他に自分たちがしてやれることはないかと考えてみても、トイレもどうにか自分ででできるので、飼い主が助けてやる必要はない。ずいぶん前に知り合いに聞いた話では、ト

イレがうまくいかずに粗相をしてしまい、おむつをしているイヌがいるという。

「そうなったら、おむつをつけてあげたほうがいいわね」

最近は物忘れがひどくなった自覚があるお母さんは、忘れないように手帳に、

「ガンジー、おむつ」

と書いた。

いちおう御飯を食べ、トイレで用を足してくれれば安心だが、ルルちゃんはまた食事を取らなくなった。夫婦は心配して、

「御飯を食べないと元気が出ないよ」

と声をかけて体を撫で、鼻先に器を近づけてみても、食欲がないのか横を向いてしまう。

「大丈夫かしら」

お母さんの心配のとおり、ルルちゃんは厳しい修行に身を置いたガンジーのように、以前にも増して骨に皮がへばりついたようになった。これは本気で最期について考えなくてはと、座布団の上で寝ているルルちゃんを横目で見ながら、地域の火葬場の「かすみ」（仮名）に電話をして、ペットが死んだとき、亡骸はどうしたらよいかと聞いてみた。すると電話に出た人が、

「うちでは動物も焼いてますよ。予約しますか」

という。

「ああ、そうですか。そちらで動物も焼いてくれるんですね」

お母さんが相槌を打ったそのとたん、今まで死んだように寝ていたルルちゃんが、むっくりと起きあがり、まったく関心を見せなかった御飯の器に歩いていき、ものすごい勢いで食べはじめた。電話をしながらお母さんは、ルルちゃんの変貌ぶりにびっくりして、

「いえ、すぐにという話ではないので」

とあわてて電話を切った。

ルルちゃんは完食はしないまでも、近頃にないほどの量の御飯を食べた。そして、

「にゃー」

とお母さんに向かって元気よく鳴いて愛想をし、骨と皮の体で目の前をたったったったっと元気よく歩いてみせたり、妙にきびきびとした態度に変わっていた。ついさっきまでの、

「もう、よぼよぼ……」

といった雰囲気とは正反対であった。ルルちゃんは電話のやりとりを聞いて、

「焼かれちゃ、たまらん」

と必死で元気な姿をアピールしたのに違いないのだ。

それからルルちゃんは、「かすみ」という言葉に異常に反応するようになった。

「かすみが……」

と聞くと寝ていても体がぴくっと反応して、起きあがってそこいらへんを歩いたり、御飯を食べたり、飼い主と目を合わせて鳴いたり、

「あたしは元気ですよー」

と猛アピールである。笑いをこらえながら、

「ルルちゃんは元気だねー。もっともっと長生きしてね」

と励ますと、そのときは張り切って元気にしているが、いつの間にかまた厳しい修行に身を投じた「ガンジー」になってしまう。そしてまた、「かすみ」と聞くと、急にしゃきっとなって御飯を食べては、そこいらへんを歩いてみせる。ネコも生きられるだけ生きたいのである。ご両親はいい長生きの薬が見つかったと、頃合いを見計らっては「かすみ」を使い、ルルちゃんの長命に役立てている。それを聞いた私は、新たな刺激を得たルルちゃんが、十九歳、二十歳と長生きしてくれるように、心から期待しているのである。

禁断のネコ画像

前回、知人の実家で飼われている、十八歳の高齢ネコの話を書いた。ふだんはぼろ切れのように、室内で行き倒れているのに、飼い主が火葬場の名前を出すと、急にしゃきっとして歩き出したり、もりもりとご飯を食べはじめたりと、「あたしは生きていますよーっ」とアピールしていたのであるが、先日、眠るようにあの世に旅立ったそうである。心より冥福を祈りたい。

ところで単に私の想像なのだが、最近のイヌの飼い主は、ネコ好きが自分の飼いネコに対して持つ愛情よりも、その度合いが深いような気がする。イヌの場合は、種類もたくさんいるし、大、中、小と大きさもさまざまなので、自分の好みのイヌをピンポイントで探せる。犬種の流行は、シベリアン・ハスキー、チワワ、トイプードルと移り変わった。特にトイプードルのキャラメル色は、入荷待ち（！）という話を聞いて、びっくりした覚えもある。毛色まで指定できるのである。昔はイヌを飼うにしても、拾ったりもらったりが多かったから、そのような注文制ではなかった。それに対してネコの場合は、人気のある種類と毛色が入荷待ちという話は聞いたことがないのだ。

ネコの場合は、里親捜しで出会ったり、もちろんペットショップで購入する人もいるが、偶然の出会いがあって、やむにやまれず飼う人も多い。私も実家にいるときネコはいたが、そのときもネコを飼いたいと思っていたわけでもなく、ずるずるとそうなった。私の飼いネコ「しい」との出会いもそうだった。

実家では、朝、母親がカーテンを開けたら、ベランダに二匹の仔ネコを連れた母ネコが座っていて、追い払うわけにもいかず、ご飯をあげていたら居着いてしまった。しいも、マンションの敷地内で鳴いていたのをつかまえたものの、里親がみつからなかったので、飼うはめになった。やむをえない事情でうちの子になったのである。

ネコ好きのなかには、特定の種類が好きで、毛色にも執着している人もいるかもしれない。チンチラ、ペルシャなどの長毛種派や、アメリカン・ショートヘアやシャムなどの短毛種のほうが好きといった、派閥はあるかもしれないが、結局は「ネコが好き」という大まかなところで収まるような気がする。ネコ好きにはどこか大雑把というか、アバウトなところがあるのだ。

私は純血種よりも雑種のほうが好きで、顔も体形も丸い、ぼーっとしている不細工系に惹かれる。愛玩用じゃないタイプが好きなのである。ところが拾ったネコは、雑種ではあったものの、顔も体も細く、おまけに性格がものすごくきっついメスネコだった。私の好みと一致するのは雑種だけだったが、一緒に暮らしていると、やはりかわいい。私がどうしてもしなくてはならないのは、うちのネコの最期を看取ることだと考えているので、それさえできれば別に長生きをしなくてもいいし、人生の責任は果たせると考えている。

子供みたいなものなので愛情はあるけれども、そうはいいながら、

「おっ」

と目を惹くネコがいると、そちらもとても気になる。うちの子がいちばんという人には、「信じられない」と呆れられるかもしれないが、うちのネコも大好きだが、私の心をつかんでしまった、よそのネコたちも大好きなのである。

散歩をしていると、外ネコ、家ネコなど、たくさんのネコたちに会う。顔見知りになって声をかけると、向こうも返事をしてくれたり、すり寄ってきてくれたりして、とっても幸せな気持ちになる。それにインターネットには、たくさんのネコブログがある。しかしそのすべてはチェックできないし、目も疲れるので決まったブログしか見ないけ

れど、アクセスしてネコたちの姿を見るのはとても楽しい。ふと気がつくと、「むっふっふー」とにやついていたりする。人気のあるブログは写真集も出版されるから、必ずその本を購入し、グッズもあれば購入する。出版されたネコ写真集を見ては、「まー、ずいぶん大きくなったわねえ」「あらー、顔つきが優しくなったわ」「いつ見てもぶ顔（不細工）でかわいいねえ」など、親戚の子供の写真を眺めるかのごとく、おばちゃんは「むっふっふー」とまた喜ぶのである。

どちらの飼い主も複数のネコを飼っているのがうらやましい。うちにも外ネコのオスが遊びに来たりしていたので、私としては飼うことはやぶさかではなかったが、とにかくしいが、彼らが室内に入ろうとすると、ぎゃいぎゃいと鳴きながら、後ろ足で立ち上がって両手をぶんぶんと振り回したりするので、相手はびっくりして退散してしまった。

そのたびに私は、

「ごめんねーっ、また遊びに来てねーっ」

と逃げる彼らの背中に向かって声をかけたが、向こうもきっついメスネコの相手をするのは嫌になったようで、疎遠になっていった。

「お友だちが一緒にいると楽しいよ。遊び相手がいるのもいいんじゃないの」

そう説得しても、しいにとっては邪魔な奴を追い払って満足したのか、

「ふんっ」

と鼻息が荒い。なので複数のネコを飼う夢は破れて、きっつい性格の子に文句をいわれながら、あたふたしている。かわいいのはかわいいが、ちょっと面倒になるのも事実なのである。

現実に同居しているネコは、感情があるから、こちらの事情と折り合いをつけるのは大変だ。飼い主にはそれぞれ悩みがあるだろうが、他人には関係がない。ただかわいいだけである。あまりに画像のしぐさがかわいらしかったり、飼い主のコメントが面白かったりすると、ネコ好きの友だちが家に来たときに、内容を話す。しいは誰かが家にやってくると、そそくさと姿を隠すので、私たちがいる場所にはいないのである。友だちもネコ話に笑ったり、感心したりして帰っていき、ドアを閉めたとたん、しいはものすごい勢いで姿を現す。そして閉じたドアに向かって、

「あーあーあー」

と大声で鳴くので、ドアを少し開けてやると、ちょこっと首だけ出してじっと外を見ていたりする。実は友だちのことは大好きなのだが、抱っこされるのも撫でられるのも好きではない。でも気になって仕方がないのだ。

「どうしていつもそうなの。ちゃんとご挨拶したら喜んでもらえるのに」

そういうとしばらく黙っているが、次の瞬間、キッとした顔で私を見上げ、ぎゃいぎゃいぎゃいと訴える。

「何なの。何が気に入らないの」

こちらも負けじといい返すと、

「いやーっ、いやーっ」

と絶叫する。しいが「いやーっ」と鳴くときは、文字通り「いや」なのである。

「ふーむ。おかあちゃんが他のネコちゃんを褒めたのが、気に入らないんだね。そうなんでしょ」

問いつめるとしいはふっと目をそらし、

「うー」

とうなる。どうやら図星である。

「ね、いやなのね」

「うー」

「そうか、いやなんだ」

「うー」

面白いので繰り返していると、そのうち、

「わあー」

とひときわ大声で絶叫して、家の中をものすごいスピードで走り回りはじめた。人間の年齢に換算して、六十四歳とは思えないほどの早さである。

「まあ、早い早い」

拍手しながら眺めていると、ネコも小馬鹿にされているのがわかったらしく、ぴたっと私の目の前で止まり、さっきよりももっとキッとした顔で見上げて、

「やあああーっ」

と大声で鳴いた。

「しいちゃん、おかあちゃんはしいちゃんがいちばん好きに決まってるじゃないの。こんなにかわいいんだもの」

そういいながら抱っこしてやると、「ぐふう、ぐふう」と鼻息が荒くなり、じっと顔を見つめている。

「ああ、かわいい、かわいい。こんなかわいい子は世界中、どこを探してもいないねえ」

誰にもいったことがない歯の浮くような台詞《せりふ》を、大げさに何度もいいながら頬ずりすると、今度は「くるる、くるる」とまるで鳥のような鳴き方になって、睡眠モードに入

っていく。ここで床に下ろそうものなら、また一悶着起こるのは必至なので、私はソファに座って、ネコが納得するまで抱っこしていなくてはならない。これが飼いネコを小馬鹿にした飼い主の罪滅ぼしなのである。考えてみれば、自分という者がありながら、飼い主が他のネコについて、かわいいだの何だのと話をしているのは、とても飼いネコのプライドを傷つける行為だ。特にうちのネコは女王様気質なので、その傾向が強いかもしれない。

そんなふうに考えていたら、インターネットで気に入ったネコの画像を見て、「むっふっふー」と喜んでいるのは、既婚であったり恋人がいる男性が、好みのおねえちゃんのエッチ画像を、にやつきながら見ているのと同じ行為なのではと思い当たった。妻や恋人は嫌いではない。嫌いではないが画面のなかのルミちゃんや、アヤちゃんはそれとは別に、とても魅力的で、アクセスせずにはいられないというわけだ。

不思議なのは自分の好きなネコ画像を見ているときには、うちにもネコがいるというのをころっと忘れてしまうことだ。ただ目の前のおまたを開いてぼーっとしている、ころころとした子を見てほのぼのとした気持ちになったり、一瞬を切り取った変顔写真に大笑いしたりして、画像のひとつひとつに集中する。そんなとき、必ず背後から、

「うぎい」

と不愉快そうな、しいの鳴き声がする。寝ていたはずなのにと、ぎくっとして振り返ると、ソファで寝そべったまま、じーっと私を見ている。まるで、「あんた、なにやってんの」といわれているかのようである。仕事をしているときは、パソコンに向かっていても、ほとんど鳴かないのに、ネコ画像を見ていると必ず鳴くのだ。

「見てごらん、このヒト、かわいいねえ」

と声をかけて、あんたのお仲間はかわいいねえと、喜びを分かち合いたいのに、飼い主の思惑は通じずに、しいはぷいっと横を向く。そして再び私が画面に向かうと、背後からぎゃあぎゃあと鳴き、それでも私が見るのをやめないと、たたたっと走ってきて、キーボードの上に乗ろうとする。明らかに見るのをやめろという態度になっていたのである。たしかに夫が妻に、

「ほら、この子、こんなに胸が大きいよ」

などといったら、妻に呆れられるのは当然であろう。

しいが抱っこをしてくれといっても、仕事があるときには、

「ずっとはしてあげられないからね」

と断ると、小一時間でソファに移動して寝てくれる。もちろん私も嘘はつかないので、仕事をするのだが、仕事が終わると楽しみにしていたネコ画像を見る。そのとたん、し

いはむっくりと頭をもたげ、「うぎー」と不機嫌になる。仕事をしているときに私が発している何かと、ネコ画像を見ているときに発しているものが、明らかに違うらしい。これにはちょっとびっくりする。イヌの飼い主には、このような浮気はないような気がする。よそのイヌ画像を見て、飼いイヌに嫉妬されたりするのかどうか、知りたいところである。

仕事をすると嘘をついて、ネコ画像を見るのは私には許されない。しいの厳しいチェックがあるからである。それでも男性が女性に甘い言葉をささやいて、機嫌を取るよりはずっと楽だ。多少、機嫌が悪くなっても、

「世界中でいちばん大好きだよ。こーんなにかわいいいんだから」

と抱っこしてささやくと、すぐに鼻の穴を広げてご機嫌になってくれるのは、ありがたい。こんなにかわいい飼いネコがいながら、私はよその好みのネコにちょっかいを出さずにはいられない、浮気性なのである。

ベランダから、さようなら

しまちゃんに御飯をあげると、時折、トレイから出して食べる。ベランダが汚れるので、御飯の分量に対して大きなトレイに入れてやっても、くわえて外に出す。そのたびに、

「どうしてわざわざ出すの？」

と声をかけていたのだが、当のしまちゃんは、

（なんのことか、わからないっす）

という表情で、いつも御飯をむさぼり食っていた。

ある日、しまちゃんがやってきたので御飯をあげ、仕事をしていると、ベランダから、

「ジュッ、ジュッ」

と聞き慣れない鳥の声がした。ふと目をやると、すでにしまちゃんは姿を消し、つが

いらしき二十三、四センチほどの大きさの黒灰色の体に、黄色とオレンジの中間のような色の嘴《くちばし》の鳥と、全体の色がそれより一段薄い鳥が二羽ベランダにいた。手元にある図鑑を調べてみたら、ムクドリだった。夕方、大勢で電線にずらーっと並んでいるのは何度も見た覚えがあるけれど、

「しかし、なぜうちに？」

と首をかしげていると、ムクドリのオス、ムク夫が、しまちゃんが食べ散らかした後の御飯を、ついばみはじめた。そしてしばらくすると、少し離れて見ていた妻のムク子も参加して、植木鉢の陰に転がった、ドライフードの一粒まで見つけて食べているのだった。

「あんたたち、よく見てるわねえ」

私は感心してしまった。どこでどうやって知ったのだろうか。このマンションには十数年住んでいるが、これまでムクドリがうちにやってきたことは一度もない。たまたまムク夫とムク子が電線に留まっていて、うちのベランダに目のちっこい縞柄のネコがやってくると、御飯が置かれる。そしてネコが去っていくとおこぼれがたくさん残っている。鳥は頭がいいので、ネコがやってくると御飯にありつけると認識したのだろう。

それからしまちゃんが来たときに、ムク夫とムク子の様子をうかがうと、御飯をあげ

たとたんに、電線の上のムク夫が前のめりになるのがおかしい。ムク子のほうはとてもおとなしく、ムク夫がベランダに飛び降りると、しばらくしてムク子もやってくるといった具合なのだ。

しまちゃんは相も変わらず鳴かないので、私が気をつけてベランダを見ているか、しまちゃんから、

(なんか、くれや)

という念波を送ってくるのを感じ取るしか、気づく術《すべ》がなかった。ところがムク夫とムク子がやってきてからは、彼らの鳴き声が、しまちゃん来訪のお知らせになった。ムクドリの声がするのでベランダを見ると、しまちゃんが、

(うっす)

という顔で座っている。そして電線にはちゃっかり、ムク夫とムク子がスタンバイしていて、じっとこちらを見ている。まるでライオンの後をくっついて、そのおこぼれを待っているハイエナのような態度なのであった。

そんなことなどまったくわかっていないであろうしまちゃんは、いつものように気にくわないネコ缶は残し、好きなものだけ、がっつがっつと食べ、豪勢なしまちゃんハウスで休憩するべく、隣に行ってしまった。そうなると後は、ムク夫とムク子の天下であ

る。

「あんたたち、仲間が多いでしょ。お友だち全員に知られると、ちょっと困っちゃうのよね」

私は電線にびっしり留まっているムクドリの姿を思い出しながら、二羽に話しかけてみたが、ムク夫は小首をかしげ、他には特にリアクションはなかった。

ムク夫はうちの御飯については仲間に黙っていたらしく、何日経ってもやってくるのはムク夫とムク子だけだった。夫婦の密かな楽しみになっていたのかもしれない。しばらくすると、ムク夫とムク子が留まっている電線から少し離れて、スズメのチュン助とチュン子の夫婦も姿を見せるようになっていた。ムクドリ夫婦の行動を見て、

（あのおこぼれをいただこう）

と決め、二番手で待機するようになったのであろう。ムクドリやスズメの夫婦のため、なるたけ余るようにと、御飯は大盛りにするようにした。そんなことなど知らないしまちゃんは、

（このごろ盛りが多くなったっす）

と思っていたかもしれない。

きちんと鳥のなかにもルールがあるらしく、しまちゃんが去った後、ムクドリ夫婦が

食べ終わって飛び立たないと、絶対にスズメ夫婦はベランダにやってこない。安売りのスーパーマーケットに並び、開店と同時に前にいた人を押しのけて、入店しようとする強欲な人間の夫婦みたいなスズメ夫婦ではないのであった。

ネコがきて、ムクドリやスズメもやってくる、マンションのベランダとは思えない環境になって喜んでいたところ、しまちゃんは姿を現さなくなった。隣の豪勢なしまちゃんハウスができてから、入り浸るような日が続いていたので、以前からお世話になっているお宅にも、要領よくお邪魔して顔つなぎをしているのだろうと考えていたのだ。が、ある日、頭上のムク夫とムク子と共に、しまちゃんは信じられない姿でやってきた。

「あんた、どうしたの」

私はその姿を見て、びっくりした。以前からしまちゃんは、鼻水を垂らしたり、皮膚病になったりで、

「あーあー、困ったわねえ」

などといっていたのだが、そのうちに元気になっていた。ところが今回はひと目で尋常ではないのがわかった。口からよだれが垂れている、といった生易しいものではなく、口から鼻汁が膜となって、びろーんと垂れ下がっている状態なのだ。口の中が荒れて、真っ赤に腫れ上がり、閉じられない。ちっこい目は辛そうに、ますますちっこくなって

いる。しまちゃんに対しては、

(あんた、また来たの)

と不愉快な態度丸出しだったしいも、そのひどい姿を目を丸くして見つめていた。

「そんなんじゃ、御飯が食べられないでしょう。どうしたらいいかしら」

ネコ缶の中身を小さなすり鉢で擦り、トレイに入れて出してやると、食べようとするのだが、口の中が痛いみたいで全く食べられない。他にも口に入れられそうなものを出してやったが、どれもだめだった。そしてうちではだめだとわかったしまちゃんは、隣に行ってしまった。

ムク夫とムク子、チュン助とチュン子は、しまちゃんがまるまる残した御飯を喜んで食べていたが、私はしまちゃんの体調が気になり、何か食べられそうなものはないかと、キャットフード売り場にいってみると、歯がなくても食べられるというフードがあった。早速買ってきて、翌日、出してみたが、それにはまったく興味を示さない。そしてしまちゃんは、日に日にやせ細っていった。

あの症状はネコエイズではないかと、私は隣に住む友だちと話した。獣医さんに連れていきたくても、しまちゃんは絶対につかまらないと、二人で頭を悩ませた結果、最終的な手段として、友だちが以前医者からもらって手元に残っていた抗生物質を砕き、微量を御飯にまぜて服用させようということになった。とにかく御飯が食べられないのがいちばんよくないので、口の中の腫れだけでもとってやりたかった。私も砕いたものをわけてもらって持っていると、ムク夫とムク子と共に、しまちゃんが口から膜を垂らしてやってきた。

「食べないと治らないよ」

そういい聞かせて、ほんの少しの量を御飯にまぜ、へらにのせて差し出すと、しまちゃんは私のほうに歩み寄ってきた。本人も御飯を食べたいと思っているのだと思うと、ぐっと胸がつまって涙が出そうになった。そして開いたままの口の中に、ほいっと放りこんだとたん、

「ぎゃあっ」

と鳴いた。はじめて聞いたしまちゃんの鳴き声が、痛みを訴える声なのが辛かったが、幸い、薬を飲ませるのには成功した。その日、しまちゃんはそれ以上、御飯を食べようとはしなかった。翌日、隣でも薬を飲ませるのに成功した。後は、かつて体がずたずたになった怪我を負っても復活した、しまちゃんの回復力に頼るしかなかった。

そして二日後、ムク夫とムク子、チュン助とチュン子を従えて、しまちゃんがやってきた。口のまわりは多少、荒れているものの、びろーんと垂れていた膜はなくなり、

（うっす）

　とちっこい目も少し元気を取り戻していた。

「よかったねえ。もうネコ缶なら食べられるかな」

　しまちゃんは、がっつがっつとまではいかないものの、ネコ缶を食べてくれた。隣でも生卵を食べ、牛乳を飲み干したという。そしてそれから二日経つと、ドライフードも食べられるようになった。私はほっとして、友だちにその話をすると、彼女も、

「ああ、固いドライフードが食べられるようになったのだったらよかったわ。一時はどうなるかと思った」

　と喜んでいた。

　なのにそれから、二日経ち、三日経ち、一週間経っても、しまちゃんは姿を現さなかった。御飯の印が登場しないものだから、ちゃっかりしたもので、鳥のハイエナ軍団も見事に姿を見せない。

「おかしいわね。どこかのお宅でお世話になっているのかしら」

「ドライフードが食べられるまでに治ったのに。死んじゃったのかなあ」

　私たちは一気に暗くなった。たまたまうちや隣に来るようになり、

（うっす）

と目だけで合図をして、御飯をもらったり豪勢な家まで造ってもらったしまちゃん。

「あの子、無愛想なのに、どこか憎めなかったのよね」

心優しい友だちは、心底、がっかりしていた。

その夜、私は夢を見た。この頃、しまちゃんが姿を見せなくなったなあと思いながらベランダを見ると、置いてあげていた大型つめとぎの上に、うずくまっているではないか。

「あっ、しまちゃん。来てたの？」

声をかけると顔を上げたしまちゃんは、お地蔵さんがしているような、縁にフリルがついた、桃色のあぶちゃんをつけている。

「あら、誰かにつけてもらったの？」

そこで夢が途切れた。十秒くらいだっただろうか。

「あの世にいったって挨拶にきたのかしら」

友だちはため息まじりにいった。桃色のあぶちゃんをつけていたのが、その印ではないかというのだが、あのちっこい目の、見るからにおっさんのしまちゃんには、かわいい桃色のあぶちゃんは全然似合っていなかった。

「きっとあの世で『挨拶する暇がなかったっす』って上の人にいったら、『それじゃ、これをつけて夢に出たら、わかってくれるよ』なんていわれたんじゃないの」

「『こんなの似合わないっす。おでこにつける、白い三角のがいいっす』っていったのに、『それしかない』なんていわれたのかもね」

「そうそう。『いいから、これをつけていけ』って押し切られたのよ」

そういう行き当たりばったりのほうが、しまちゃんにはふさわしい。もしそれが本当であるならば、苦しまないで寝たまますっとあの世に旅立ったのを望むばかりである。湿気の多い日、本置き場の部屋に入ると、しまちゃんが吐いた臭いが、ぷーんと漂ってくる。今ではその臭さも懐かしい。あれだけ、

（あんた、また来たのね！）

と怒っていたうちのネコも、どこか拍子抜けした様子だ。うちと隣を保養所のように使っていたしまちゃん。外ネコが生きていかなければならない辛い日々のなかで、少しでもしまちゃんに安らぎの時間を与えてあげられたのなら、うれしいことだ。ベランダを見ても、もちろんしまちゃんの姿はないし、ムク夫とムク子、チュン助とチュン子は姿どころか、鳴き声さえも聞こえない。妙にさっぱりとしたベランダになってしまった。そして夢の中の、全く似合わない桃色のあぶちゃんをつけた、困った顔のしまちゃんを思い出すたび、とっても悲しいけれど、その間抜けた姿に笑いがこみあげてくる

のであった。

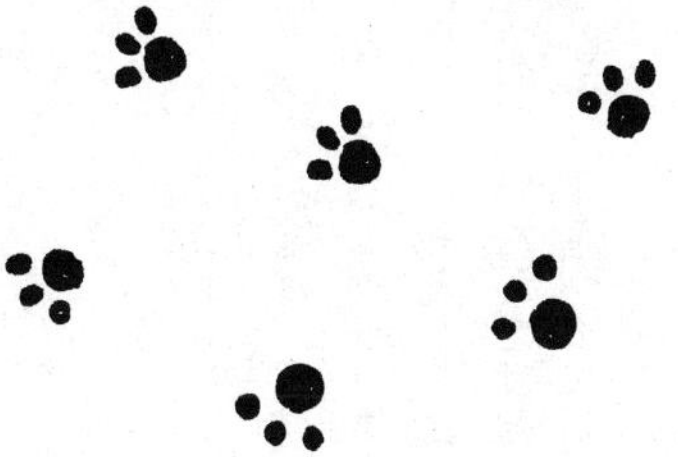

お彼岸に、また会いましょう

しまちゃんが亡くなってから、御飯のおこぼれをもらっていたムク夫とムク子のムクドリ夫婦、チュン助とチュン子のスズメ夫婦は、相変わらず姿を見せない。しまちゃんがやってきた気配が何度もして、はっとしてベランダを見ても、ちっこい目のネコはそこにはいなかった。その話を隣に住んでいる友だちにしたら、

「私もそうなのよ。夜中になると感じていたんだけど。でもしまちゃんハウスは取り壊したの。また来るんじゃないか、もう一日待ってみようなんて考えてたけど。ひと月も経ったら……来ないよね」

という。また私たちはくらーい気持ちになった。

「あのヒト、全然、鳴かなかったでしょ。もちろんベランダを見ても何もいないんだけど、でも『うっす』の気配があるんだよね」

私たちの一致した妄想か、勘違いといわれるかもしれないけれど、明らかにしまちゃんの気配はあるのだ。

隣の友だちが飼っていた、ビーちゃんという名前のネコが亡くなった直後、二、三年の間、特に春と秋のお彼岸のときは必ず、うちに遊びにきている気配を何度も感じた。そのときはしいの態度もいつもと違い、何者かと追いかけっこをしたり、じゃれあうようにして、室内を走り回っていた。そして最後は必ず、天井の角をじーっと見上げる。それを見て私はいつも、

「ああ、ビーちゃんは今、天国に帰っていったのだな」

と思った。

「しいちゃんはいいねえ。ビーちゃんの姿が見られて」

そういいながら撫でてやると、しいも神妙な顔をしていた。

ビーちゃんが毎日うちに遊びにきていたときは、しいはビーちゃんにネコパンチをくらわしたり、ビーちゃんの背中に飛び乗り、びっくりしたビーちゃんがものすごい勢いで走り出すと、ロデオのように背中にしがみついて大喜びしていたりと傍若無人に振舞っていたが、亡くなった直後は、いつもビーちゃんが下をくぐってやってきていた、隣との境のベランダの壁の隙間を、ずっとのぞいていた。そして夕方になってもやって

こないとわかると、がっくりと肩を落としてうなだれていた。私も悲しいけれども、私以上にしいが落胆しているので、

「しいちゃんは、ビーちゃんが見えるんだから」

と慰め続けていた。そして何かの気配を感じたときには、まるでビーちゃんがそこにいるかのように、はしゃいでいたのだ。

ビーちゃんはしいがうちにくる前から出入りしていたので、傍若無人なふるまいをしつつも、先輩ネコとして一目置いていたと思うが、しまちゃんはそうではない。勝手についてきたと思ったら、ちゃっかり御飯はもらうし、隙あらば室内に入ろうとし、それどころかベランダや室内に吐いたりする。そんなしまちゃんではあるが、顔なじみになったネコがぱたっとやってこなくなったら、どうするのかしらと見ていたら、ベランダをきょろきょろと見渡す回数が多くなった。どこかに潜んでいるのではと、探しているようにも見え、マンションの敷地内をくまなくパトロールし、隣にも顔を出して、しまちゃんハウスが撤去されたのもチェックしていた。

「しまちゃんは天国にいっちゃったんだね。かあちゃんの夢にね、桃色のあぶちゃんをつけて出てきたんだよ」

しいは黙って聞いていた。しまちゃんの死は私や友だちにしてみたらショックな出来

事でも、内ネコと外ネコといった立場を考えると、しいにとっては、

「ふーん」

といった程度の出来事だったのだろうか。

あるとき玄関のドアにストッパーをかませて開けておいたら、しいが突然、玄関を見て、

「にゃにゃっ」

と短く鳴いて走っていき、ドアの隙間の二十センチほど手前から、じっと外を見ている。しいは人がくると逃げてしまうので、ネコでもきたのかと、

「どうしたの」

と声をかけたが、それらしき気配はない。

「しまちゃんがのぞいてたの？」

しいに聞いても無反応だ。もしもしまちゃんがあの世からきたのであれば、玄関のドアの隙間からのぞかなくても、好きなだけ部屋のなかにいればいいのに、やはり外ネコの「様子うかがい体質」がしみついているのだろうか。

「いったいどうしたのかしら」

とつぶやいたら、今度はしいはベランダの何かを目で追っている。そして隣室との境

の壁をじっと見て、そしてふうとため息をついて、床にぐたっと寝そべってしまった。

「しまちゃんだった？　お隣にいったの？」

しいは無言である。でも目線は何かを追っていたし、隣にいったとなると、やっぱりしまちゃんなのではと、また私の妄想がわいてきた。亡くなったばかりで、この世とあの世の生活が微妙にまじっているしまちゃんは、あの世の上の人に許可をもらって、こちらに遊びに来たはいいが、まだ自分の姿が見えていないという状況に慣れないので、外ネコ当時のまま行動している。見えないのだから堂々としていればいいのに、自分が見えないことに慣れていない。隣にいってしまちゃんハウスが無くなっているのを知り、

「寝にきたのに、ないっす！」

とびっくりしているかもしれない。あの世からこの世に遊びにきたときに、おでこに白い三角形をつけているのかはわからないが、たしかにしいは、玄関ドアの外に何かがいるのを察知し、ベランダで何かが動くのを見ていたのは間違いないのだ。

しまちゃんの気配がするようになってから、どういうわけかムク夫とムク子、チュン助とチュン子が戻ってきた。電線に留まってじーっとベランダを見ては、

「ジュッ、ジュッ」

と鳴いている。

「もしかしたらこの子たちも、あの世からやってきたしまちゃんの姿が見えているのか」

と首をかしげた。ただ単に餌がとれず、またあそこに行ってみようと思い立ったのかもしれないが、それにしても再びムクドリ夫婦とスズメ夫婦が一緒とはと、じっと彼らを見つめてしまった。ムクドリ夫婦は他のムクドリと行動を共にしているのではなく、このスズメ夫婦とグループを結成しているのではないかと思ったくらいである。

彼らがやってきたとなれば、御飯をあげなくてはなるまい。しいが食べ残したネコ缶と、ドライフードをベランダに置いてやると、ムク夫とムク子はネコ缶には興味を示さず、ドライフードの粒をいくつかついばんでは、ぐぐっと呑み込んだ。結構な食欲である。チュン助とチュン子がその間、じっと電線の上で待っているのは、相変わらずである。どこまでいっても礼儀正しい、まじめな夫婦なのである。

ムクドリ夫婦の食事が終わると、次はスズメ夫婦が飛び降りてきて、こちらはネコ缶もドライフードも両方、ついばんでいる。腹一杯食べて満足したのか、電線の上ではムク夫が、

「ギャッ、ギャッ」

と上機嫌である。あの世からしまちゃんがやってきたせいかどうかはわからないが、

うちにはまた、毎日、鳥の声が戻ってきた。ムクドリやスズメの声を聞いた隣の友だちからは、

「とうとう、野鳥まで餌付けしたのかと思った」

と笑われた。

やってくるから鳥にも御飯を上げているだけであって、招き寄せているわけではない。しかしきてくれるのはありがたいが、ベランダの半透明の目隠しボードのところに留まられると、フンがそこに垂れ、その板をブラシで日々掃除するのが面倒くさい。大雨が降って流してくれると、ああよかったと、ほっとした。ベランダにもフンをするので、その手間も増えたが、水を流してブラシでこすれば済むので、まあ、このくらいは仕方ないかと掃除をしていた。

ところがある日の午前中、ベランダが大騒ぎになっていた。いつものののどかなムクドリとスズメの夫婦の鳴き声ではなく、切羽詰まった大きな鳴き声と、羽ばたく音がすごい。しいとあわててベランダを見てみると、カラスが乱入していた。食事中に追い出された、いつもの夫婦二組が電線に留まっていて、

「ギャア、ギャア」

と鳴いている。明らかにいやがっているのがわかる。乱入したカラスは目隠しボード

の上に留まって、ベランダをのぞきこみ、

(何だ、何だ、ここに何があるんだ)

という素振りできょろきょろし、トレイの上にのったネコ缶を見つけて、太いくちばしでついばみはじめた。カラスはムクドリやスズメの行動をどこかで見ていて、

(?)

と感じ、うちに調査にやってきたらしい。カラスにもそれなりの事情があるだろうから、私は、

「お前はあっちに行け」

とカラスだけを追っ払う気にはなれず、かといって、住宅地でカラスに餌をやるのはとてもまずいので、頭を抱えてしまった。

カラスはしばらくネコ缶を食べていたが、ガラス戸の向こうにいる私としいのことなど眼中になく、

(他に面白いことがあるのか。もっとうまいものでもあるのか)

とどことなく横柄な態度で、どすどすと力強く、そこいらじゅうを踏みしめて歩いている。そしてじっと見つめている私と目が合った。

「どうかしました?」

私が声をかけると、そのカラスは小首をかしげて、じーっとこちらを見ている。

「カラスさんの御飯は、ここにはないよ。ごめんね」

そういったとたん、カラスは突然、羽根を広げて、ばっさばっさと羽ばたきをした。翼を広げると、とても大きい。おまけに、

「カアアー、カアアアアー」

とものすごく大きな声で何度も鳴きはじめた。

「うわあ、うるさい」

これはとってもまずい状況になったとあせっていると、カラスには特別、私に対してやりたいこともなかったようで、そのまま飛んでいった。

「いやだねえ」

といった雰囲気を漂わせていたムクドリとスズメの夫婦は、カラスが飛び立つとほっとしたようにベランダに戻ってきて、新しく置いてやったドライフードをついばんでいた。

カラスの乱入の際には、ムク夫は電線の上でうるさく鳴いて、ささやかな抵抗を試みていたが、チュン助はとっても無口になって、妻のチュン子と共にただ電線の隅っこで、じっと留まっているだけだった。あれだけ大きさが違ったら、へたに刃向かうより、関

わらないほうがずっと得策だと、本能的にわかっているのだろう。

それから二日おきくらいに、ムクドリとスズメ夫婦は姿を現し、そして決まってカラスも彼らの御飯が終わった後にやってきて、どすどすとベランダを歩き回った。カラスがくる前に、ベランダに置いてある御飯を素早く引き上げるのが、私に課された使命になった。カラスにはここに御飯があると知られては、絶対にだめなのである。カラスは頭がいいので、一羽がそれを知ったら、次々にやってくるに違いない。そうなったら本当に困るし、大家さんから即刻退去を命じられても仕方がない。しかし私の素早い行動のせいか、それとも執着のないカラスの性格のおかげか、その後、一度きたきりで来なくなった。そして猛暑続きで、ムクドリ夫婦もスズメ夫婦も、再び姿を見せなくなった。暑さでやられているのではと心配になる。秋のお彼岸のときには、しまちゃんと共に、また二組の夫婦が遊びにきてくれないかと、ささやかに願っているのである。

単行本　二〇一二年六月　文藝春秋刊
本書は二〇一四年十二月に刊行された文春文庫の新装版です。

本文挿絵　杉田比呂美
DTP制作　エヴリ・シンク

文春文庫

おやじネコは縞《しま》模《も》様《よう》

定価はカバーに表示してあります

2022年12月10日　新装版第1刷

著　者　群《むれ》　ようこ
発行者　大沼貴之
発行所　株式会社　文藝春秋

東京都千代田区紀尾井町 3-23　〒102-8008
TEL　03・3265・1211㈹
文藝春秋ホームページ　http://www.bunshun.co.jp

落丁、乱丁本は、お手数ですが小社製作部宛お送り下さい。送料小社負担でお取替致します。

印刷製本・凸版印刷

Printed in Japan
ISBN978-4-16-791979-5

（　）内は解説者。品切の節はご容赦下さい。

向田邦子
無名仮名人名簿
世の中は「無名」の人々がおもしろい。日常の中で普通の人々が覗かせた意外な一面を、鋭くも温かい観察眼とユーモアで綴る。笑いながら涙する不朽の名エッセイ集。（篠崎絵里子）
む-1-27

村松友視
北の富士流
北海道から単身上京して横綱に上り親方として二人の横綱を育て、NHKの相撲解説で人気の北の富士。江戸の香を今なお残す男として、男も女も魅了する〝粋〟と〝華〟の流儀。

む-3-5

群　ようこ
よれよれ肉体百科
身体は段々と意のままにならなくなってくる。更年期になって味覚が鈍っても、自然に受け入れてアンチエイジングにアンチでいよう！　身体各部56カ所についての抱腹絶倒エッセイ。

む-4-15

群　ようこ
ネコの住所録
幼い頃から生き物と共に暮らしてきた著者。噂話をする度に耳をそばだてる婆さん猫など、鋭い観察眼で彼らのしたたかさを見抜くが、そこには深い愛情があった。抱腹絶倒のエッセイ。

む-4-16

村上春樹
意味がなければスイングはない
待望の、著者初の本格的音楽エッセイ。シューベルトのピアノ・ソナタからジャズの巨星にJポップまで、磨き抜かれた達意の文章で、しかもあふれるばかりの愛情をもって語り尽くされる。

む-5-9

村上春樹
走ることについて語るときに僕の語ること
八二年に専業作家になったとき、心を決めて路上を走り始めた。走ることは彼の生き方・小説をどのように変えてきたか？　村上春樹が自身について真正面から綴った必読のメモワール。

む-5-10

（　）内は解説者。品切の節はご容赦下さい。

村上春樹
ラオスにいったい何があるというんですか？
紀行文集

ボストンの小径とボールパーク、アイスランドの自然、フィンランドの不思議なバー、ラオスの早朝の僧侶たち、そして熊本の町と人びと——旅の魅力を描き尽くす、待望の紀行文集。

む-5-15

村田沙耶香
きれいなシワの作り方
淑女の思春期病

初めての皺に白髪、通販の誘惑、自意識過剰とSNS、迫る「産むか産まないか」問題、最後のセックス考……これが大人の「思春期」？　悩み多きアラサー芥川賞作家の赤裸々エッセイ。

む-16-2

もちぎ
あたいと他の愛

物心ついた頃からゲイのあたい。父は自殺、母は毒親、生き抜くための売春……。初恋の先生や友達や姉の優しさと愛と勇気によって支えられてきた。苛烈な母との再会エピソードも収録。

も-34-1

山川静夫
私の「紅白歌合戦」物語

令和元年暮れに七十回目を迎えた紅白歌合戦。昭和四十九年より九年連続で白組司会を務めた元NHKアナウンサーだから書ける舞台の裏側。誌上での再現放送や、当時の日記も公開。

や-13-6

山内マリコ
買い物とわたし
お伊勢丹より愛をこめて

週刊文春の人気連載「お伊勢丹より愛をこめて」が書き下ろしを加えて一冊に。蚤の市で買ったお皿からハイブランドのバッグまで、カラーイラスト満載で紹介するお買い物エッセイ。

や-62-1

横尾忠則
インドへ

ビートルズに触発され、三島由紀夫に決定づけられて訪れたインド。芸術家の過敏な感性をコンパスとして、宇宙と自己、自然と芸術を考える異色旅行記。カラー口絵二十三ページ付。

よ-2-1

（　）内は解説者。品切の節はご容赦下さい。

米原万里・佐藤　優　編
偉くない「私」が一番自由
佐藤優が選ぶ、よりぬき米原万里。メインディッシュは初公開の東京外語大学卒業論文。単行本未収録作品も含む傑作エッセイを佐藤シェフの解説付きで紹介する。文庫オリジナル。
よ-21-7

和田　誠
銀座界隈ドキドキの日々
銀座が街の王様で、僕はデザイナー一年生だった！　憧れのデザイン業界の修業時代を文章と懐かしいデザインで綴った六〇年代グラフィティ。講談社エッセイ賞受賞。（井上ひさし）
わ-2-4

渡辺和子・山陽新聞社　編
強く、しなやかに
回想・渡辺和子
二・二六事件で陸軍大将の父が殺されたのは九歳の時。シスターとなった後、若くして大学の学長に抜擢されるも、うつ病など試練の連続だった。信仰と教育に身を捧げた波乱の人生録。
わ-22-1

若松英輔
悲しみの秘義
暗闇の中にいる人へ――宮澤賢治や神谷美恵子、プラトンらの悲しみや離別、孤独についての言葉を読み解き、深い癒しと示唆で日経新聞連載時から反響を呼んだ26編。（俵　万智）
わ-24-1

若林正恭
表参道のセレブ犬とカバーニャ要塞の野良犬
「別のシステムで生きる人々を見たい」。多忙な著者は5日間の夏休み、一人キューバに旅立った。特別書下ろし3編「モンゴル」「アイスランド」「コロナ後の東京」収録。（DJ松永）
わ-25-1

若林正恭
ナナメの夕暮れ
世界を疑い続ける面倒な性格を持て余していた著者は、いかにして立派なおじさんになったのか。自分探しは、これにて完全終了！　書き下ろし「明日のナナメの夕暮れ」収録。（朝井リョウ）
わ-25-2

安野光雅
絵のある自伝
昭和を生きた著者が出会い、別れていった人々との思い出をユーモア溢れる文章と柔らかな水彩画で綴る初の自伝。心温まる追憶は時代の空気を浮かび上がらせ、読む者の胸に迫る。
あ-9-7

阿川佐和子
いつもひとりで
ジャズ、エステ、旅行に食事。相変わらずパワフルに日々を送るアガワの大人気エッセイ集。幼い頃の予定を大幅に変更して今後は「いつもひとり」の覚悟をしつつ……？　（三宮麻由子）
あ-23-12

阿川佐和子
バイバイバブリー
根がケチなアガワ、バブル時代の思い出といえば…。あのフワフワと落ち着きのなかった時を経て沢山の失敗もしたから分かる、今のシアワセ。共感あるあるの、痛快エッセイ！
あ-23-27

浅田次郎
君は嘘つきだから、小説家にでもなればいい
裕福だった子供時代、一家離散の日々で身につけた習慣、二人の母のこと、競馬、小説。作家・浅田次郎を作った人生の諸事が綴られた文章に酔いしれる、珠玉のエッセイ集。
あ-39-14

浅田次郎
かわいい自分には旅をさせよ
京都、北京、パリ……誰のためでもなく自分のために旅をし、日本を危うくする「男の不在」を憂う。旅の極意と人生指南がつまった、笑いと涙の極上エッセイ集。幻の短篇、特別収録。
あ-39-15

安野モヨコ
食べ物連載
くいいじ
激しく〆切中でもやっぱり美味しいものが食べたい！　昼ごはんを食べながら夕食の献立を考える食いしん坊な漫画家・安野モヨコが、どうにも止まらないくいいじを描いたエッセイ集。
あ-57-2

朝井リョウ
時をかけるゆとり
カットモデルを務めれば顔の長さに難癖つけられ、マックで休憩すれば黒タイツおじさんに英語の発音を直され。『学生時代にやらなくてもいい20のこと』改題の完全版。　（光原百合）
あ-68-1

（　）内は解説者。品切の節はご容赦下さい。

朝井リョウ
風と共にゆとりぬ
レンタル彼氏との対決、会社員時代のポンコツぶり、ハワイへの家族旅行、困難な私服選び、税理士の結婚式での本気の余興、壮絶な痔瘻手術体験など、ゆとり世代の日常を描くエッセイ。
あ-68-4

安西水丸
ちいさな城下町
有名無名を問わず、水丸さんが惹かれてやまなかった村上市・行田市・中津市・高梁市など二十一の城下町。歴史的事件や人物の逸話、四コマ漫画も読んで楽しい旅エッセイ。（松平定知）
あ-73-1

赤塚隆二
清張鉄道1万3500キロ
「点と線」「ゼロの焦点」などの松本清張作品を「乗り鉄」の視点で徹底研究。作中の誰が、どの路線に最初に乗ったのかという「初乗り」から昭和の日本が見えてくる。（酒井順子）
あ-89-1

五木寛之
杖ことば
心に残る、支えになっている諺や格言をもとにした、著者初の語り下ろしエッセイ。心が折れそうなとき、災難がふりかかってきたとき、老後の不安におしつぶされそうなときに読みたい一冊。
い-1-36

井上ひさし
ボローニャ紀行
文化による都市再生のモデルとして名高いイタリアの小都市ボローニャ。街を訪れた著者は、人々が力を合わせ理想を追う姿を見つめ、思索を深める。豊かな文明論的エセー。（小森陽一）
い-3-29

池波正太郎
夜明けのブランデー
映画や演劇、万年筆に帽子、食べもの日記や酒のこと。週刊文春に連載されたショート・エッセイを著者直筆の絵とともに楽しめる穏やかな老熟の日々が綴られた池波版絵日記。（池内　紀）
い-4-90

池波正太郎
ル・パスタン
人生の味わいは「暇」にある。可愛がってくれた曾祖母、「万惣」のホットケーキ、フランスの村へジャン・ルノアールの墓参り。「心の杖」を画と文で描く晩年の名エッセイ。（彭　理恵）
い-4-136

伊集院　静
伊集院静の流儀
危機の時代を、ほんとうの「大人」として生きるために——。今もっとも注目を集める作家の魅力を凝縮したベストセラーが待望の文庫化。エッセイ、対論、箴言集、等々。ファン必携の一冊。
い-26-18

伊集院　静
文字に美はありや。
文字に美しい、美しくないということが本当にあるのか。〝書聖〟王羲之に始まり、戦国武将や幕末の偉人、作家や芸人ら有名人から書道ロボットまで、歴代の名筆をたどり考察する。
い-26-26

伊藤比呂美
切腹考　鷗外先生とわたし
前夫と別れ熊本から渡米し、イギリス人の夫を看取るまで。生きる死ぬるの仏教の世界に身を浸し、生を曝してきた詩人が鷗外を道連れに編む、無常の世を生きるための文学。（姜　信子）
い-99-2

井上ユリ
姉・米原万里
プラハのソビエト学校で少女時代を共に過ごした三歳下の妹が、食べものの記憶を通して綴る姉の思い出。初めて明かされる名エッセイの舞台裏。初公開の秘蔵写真多数掲載。（福岡伸一）
い-104-1

宇江佐真理
ウエザ・リポート　**見上げた空の色**
鬼平から蠣崎波響など歴史上の人物、私淑する先輩作家、大好きな本、地元函館での衣食住、そして還暦を過ぎて思いがけず得た病のことなど。文庫化にあたり、「私の乳癌リポート」を収録。
う-11-20

上野千鶴子
おひとりさまの老後
結婚していてもしてなくても、最後は必ずひとりになる。でも、智恵と工夫さえあれば、老後のひとり暮らしは怖くない。80万部のベストセラー、待望の文庫化！（角田光代）
う-28-1

上野千鶴子
ひとりの午後に
世間知らずだった子供時代、孤独を抱えて生きていた十代のころ……。著者の知られざる生い立ちや内面を、抑制された筆致で綴ったエッセイ集。（伊藤比呂美）
う-28-3

（　）内は解説者。品切の節はご容赦下さい。

内田洋子
ジーノの家
イタリア10景

イタリア人は人間の見本かもしれない——在イタリア三十年の著者が目にしたかの国の魅力溢れる人間達。忘れえぬ出会いや情景をこの上ない端正な文章で描ききるエッセイ。（松田哲夫）

う-30-1

内田洋子
ロベルトからの手紙

俳優の夫との思い出を守り続ける老女、弟を想う働き者の姉たち、無職で引きこもりの息子を案じる母——イタリアの様々な家族の形とほろ苦い人生を端正に描く随筆集。（平松洋子）

う-30-2

遠藤周作
生き上手 死に上手

死ぬ時は死ぬがよし……だれもがこんな境地で死を迎えたい。でも死はひたすら恐い。だからこそ死に稽古が必要になる。周作先生が自らの失敗談を交えて贈る人生セミナー。（矢代静一）

え-1-12

江國香織
やわらかなレタス

ひとつの言葉から広がる無限のイメージ——。江國さんの手にかかると、日々のささいな出来事さえも、キラキラ輝いて見えだします。読者を不思議な世界にいざなう、待望のエッセイ集。

え-10-3

小川洋子
とにかく散歩いたしましょう

ハダカデバネズミとの心躍る対面、同郷のフィギュアスケーターの演技を見て流す涙、そして永眠した愛犬ラブと暮らした日々。創作の源泉を明かす珠玉のエッセイ46篇。（津村記久子）

お-17-4

岡田光世
ニューヨークのとけない魔法

東京とニューヨーク。同じ大都会の孤独でもこんなに違う。お節介で、図々しくて、孤独な人たち。でもどうしようもなく惹きつけられてしまうニューヨークの魔法とは？（立花珠樹）

お-41-1

大宮エリー
生きるコント

毎日、真面目に生きているつもりなのに……なぜか、すべてがコントになってしまう人生。作家・大宮エリーのデビュー作となった、大笑いのあとほろりとくる悲喜劇エッセイ。（片桐　仁）

お-51-1

尾崎世界観
苦汁１００％
濃縮還元

初小説が文壇を驚愕させた尾崎世界観の日常と非日常。文庫化に際し、クリープハイプ結成10周年ライブがコロナ禍で中止になった最中の最新日記を大幅加筆。苦味と旨味が増してます！

お-76-2

尾崎世界観
苦汁２００％
ストロング

尾崎世界観の赤裸々日記、絶頂の第2弾。文庫化にあたり「芥川賞候補補ウッキウ記」2万字書き下ろし。「情熱大陸」に密着され、『母影』が芥川賞にノミネートされた怒濤の日を加筆。

お-76-3

岡田　育
ハジの多い人生

痴漢だらけの満員電車で女子校へ通った九〇年代、メガネ男子や献血、自らの大足が気になり、三十路でタカラヅカに開眼。世界の端でつぶやく著者会心のデビュー作。（宇垣美里）

お-78-1

開高　健
私の釣魚大全

まずミミズを掘ることからはじまり、メコン川でカチョックという変な魚を一尾釣ることに至る国際的な釣りのはなしと、井伏鱒二氏が鱒を釣る話など、楽しさあふれる極上エッセイ。

か-1-2

角田光代
なんでわざわざ中年体育

中年たちは皆、運動を始める。フルマラソンに山登り、ボルダリング、アウトドアヨガ。インドア派を自認する人気作家が果敢に様々なスポーツに挑戦した爆笑と共感の傑作エッセイ。

か-32-16

加納朋子
無菌病棟より愛をこめて

愛してくれる人がいるから、なるべく死なないように頑張ろう。急性白血病の告知を受け仕事も家族も放り出しての緊急入院、抗癌剤治療、骨髄移植――人気作家が綴る涙と笑いの闘病記。

か-33-5

川上未映子
きみは赤ちゃん

35歳で初めての出産。それは試練の連続だった！　芥川賞作家の鋭い観察眼で「妊娠・出産・育児」という大事業の現実を率直に描き、多くの涙と共感を呼んだベストセラー異色エッセイ。

か-51-4

文春文庫　最新刊

妖の掟　誉田哲也
「闇神」の紅鈴と欣治は暴行されていた圭一を助けるが…

本意に非ず　上田秀人
光秀、政宗、海舟…志に反する決意をした男たちを描く

白い闇の獣　伊岡瞬
少女を殺したのは少年三人。まもなく獣は野に放たれた

巡礼の家　天童荒太
行き場を失った人々を迎える遍路宿で家出少女・雛歩は

介錯人　新・秋山久蔵御用控（十五）　藤井邦夫
粗暴な浪人たちが次々と殺される。下手人は只者ではない

東京オリンピックの幻想　十津川警部シリーズ　西村京太郎
1940年東京五輪は、なぜ幻に？　黒幕を突き止めろ！

スパイシーな鯛　ゆうれい居酒屋2　山口恵以子
元昆虫少年、漫談家、漢方医…今夜も悩む一見客たちが

ハートフル・ラブ　乾くるみ
名手の技が冴える「どんでん返し」連発ミステリ短篇集！

見えないドアと鶴の空　白石一文
妻とその友人との三角関係から始まる驚異と真実の物語

淀川八景　藤野恵美
傷つきながらも共に生きる――大阪に息づく八つの物語

銀弾の森　禿鷹Ⅲ〈新装版〉　逢坂剛
渋谷の利権を巡るヤクザの抗争にハゲタカが火をつける

おやじネコは縞模様〈新装版〉　群ようこ
ネコ、犬、そしてサルまで登場！　爆笑ご近所動物エッセイ

刑事たちの挽歌〈増補改訂版〉　警視庁捜査一課「ルーシー事件」　髙尾昌司
ルーシー・ブラックマン事件の捜査員たちが実名で証言